「佑希……我最喜歡你了……」
不起眼的我
在妳房間做的事
班上無人知曉
2

佑希發現了宛如空氣般的我，
讓我成為有形的存在。
高井柚實
Yumi Takai
我……好狡猾啊。
遠山佑希
Yuki Toyama

CHARACTER

I am boring, but my classmates do not know

what I am doing in your room.

遠、遠山很想要的話……
大腿也可以讓你躺哦？

上原麻里花

Marika Uehara

「可以讓你看更多喲……？」

不起眼的我在妳房間做的事
班上無人知曉

2

ヤマモトタケシ
插畫 アサヒナヒカゲ

Kadokawa Fantastic Novels

I am boring, but my classmates do not know
what I am doing in your room.

CONTENTS

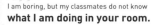

CHARACTER

I am boring, but my classmates do not know
what I am doing in your room.

遠山佑希

獨來獨往的邊緣人主角。興趣是讀書，第一印象看來老實
卻意外地好勝。或許是有炮友才有餘裕看起來像個成熟的大人。

高井柚實

主角的炮友，長居於圖書室。出於與上原的對抗心理
而將頭髮剪短，改變形象成為清純可愛的美少女。

上原麻里花

外表華麗、性格極為善良，班上最受歡迎的人物。
對主角原本就有好感，在受到誹謗中傷時得到主角的幫助，
以此為契機開始不顧他人眼光，一心一意地喜歡遠山。

高井伶奈

高井柚實的姊姊。性格自由奔放，擔任模特兒工作，
秀麗端莊，頭腦也很好的完美美女。與妹妹的個性正好相反，
社交性強，擁有優秀的溝通能力，從小就是個風雲人物。

沖田千尋

主角的好友。個頭矮小，第一眼會被誤認為女性的美少年。
個性單純，不會懷疑他人也不會把別人想得很壞。

相澤美香

上原、高井的好友。看似初中生實則有大姊頭風範值得信賴。
善於觀察，能夠敏感地察覺對方的內心想法，為人著想。

遠山菜希

主角的妹妹。重度兄控，言行舉止異於常人。

奧山翔太

主角為數不多的朋友。能夠理解遠山的立場，
並暗中給予主角協助。

藤森加奈子

高井柚實的打工地點的工作人員，是個女高中生。
與她辣妹的外表相反，是個愛讀書的人，高井的商量對象。

這個時間還書業務比借書還要來得多，圖書室開放的時間短暫，與午休的業務量相比，這個時間是比較忙碌的。

放學後的圖書室，遠山佑希一邊忍耐著吃過午飯後的睡意，一邊從事圖書委員的業務。

遠山忙著對應一個接一個前來還書的學生們，有兩位少女對著這樣的他送來熱烈的視線，她們面對面地坐著在圖書室的桌子旁。

一個是留著短鮑伯髮型，外表樸實無華，身著宛如優等生般的清爽打扮，面無表情且散發著神祕感的可愛美少女——高井柚實。

另一個是長髮染燙成明亮色系，髮尾稍微燙捲，經過精巧搭配過的制服上有著兩個高高隆起，稍微能窺見胸部的乳溝，身材姣好且氣質華麗的美少女——上原麻里花。

上原的容貌與個性都很好，在班上受到歡迎，對她抱持好感的男生也很多。高井將長髮改成短鮑伯髮型，脫下眼鏡改變形象之後，在班上的男同學之間開始暗中受到歡迎。

這樣在班上受到歡迎的兩位美少女面對面坐著，卻沒有對話，散發出某種像是互相牽制著彼此的氛圍。

圖書室櫃檯前已經沒有排隊的學生，還書業務告一段落了。上原沒有錯過這個時機，迅速地跑向遠山所在的櫃檯。

「遠山，今天放學後要不要一起去玩？」

上原剛剛坐在座位上，似乎是在等沒有學生時，可以向遠山搭話的時機。

「咦？今天放學後？」

「對，我有想買的東西想請你陪我一下。」

上原當然不是想買東西，那只是邀約遠山的理由而已。

「呃……放學後我——」

「佑希接下來和我有事要做，上原同學抱歉。」

遠山的回覆被熟悉的聲音蓋過去，為此嚇了一跳的上原回頭一看。

「高、高井同學？」

出現在那裡的是擅自代替遠山拒絕上原邀約的高井。

三人之間一片沉默，上原再次開口道：

「遠山，你和高井早就有約了嗎？」

上原像是在懷疑什麼般地將視線轉向遠山。

「對、對啊！今天之後的時間，我早就和高井約好了……難得妳特地約我，抱歉，下次吧。」

「……好，我知道了。既然是她先約的那也沒辦法，你不用在意。」

這麼說完便離開了圖書室的上原背影，在遠山看來似乎有些寂寞。

「高井……妳是怎麼了？我們明明沒有約，妳卻突然說那種話。」

「佑希你想和上原去玩？」

「不是……當然不是那樣……」

「是嗎……那直到圖書委員的工作做完為止，我會在那裡等你。」

高井回到圖書室的座位上，再次開始看書。從面無表情的她身上無法看到一絲情感，但從她的行動之中遠山可以感覺到她對上原已經燃起對抗意識。

高井幫忙還書業務，讓遠山得以比平常更早地完成工作，他將圖書室上鎖，為了歸還鑰匙而走在通往教職員室的走廊上。

「抱歉還讓妳幫忙了呢。」

「不會，我喜歡整理書籍。把書歸架時可以看到各種書的書背。」

正因為身為圖書館的居民，喜歡書的高井光是看到書背就會感到幸福。對書沒有興趣的人應該無法理解吧。遠山身為圖書委員，也喜歡書的他能夠理解那種感覺。

「啊，我懂那種感覺。明明經常看到，但每當把書歸架時，又會有某些新的發現對吧，像是『咦？這個書架上原來有這樣的書啊？』這樣。」
「我也是每天都看著圖書室的書，但每次來都會有新發現，所以我喜歡紙本書。」
「確實這是紙本書才會有的體驗呢。電子書籍就不會有像這樣的感覺了。」
「對，我也喜歡紙的氣味，所以待在圖書室就會感到平靜。」
對於高井的這種感覺有所共鳴的遠山無言地點頭。
一邊走向教職員室，一邊和高井聊書的話題的時間轉瞬即逝，對遠山來說那是一段快樂的時光。
「不好意思打擾了。」
遠山打開教職員室的門，帶著高井一起走向宮本老師的座位。
「宮本老師，圖書室的工作已經做完了，我來還鑰匙。」
「遠山同學辛苦你了……哎呀？今天高井同學也一起嗎？」
看見在遠山身後一副怯生生的樣子的高井，宮本老師看起來稍微有些驚訝。應該是因為高井很少和其他人一起行動吧。
「是的，她幫我做最後的整理。」
「這樣啊，高井同學謝謝妳。」
「不會……我只是剛好在圖書室留到最後而已，看到他把書歸到書架上似乎很辛苦……」

「妳真的幫了大忙呢，一個人要整理那些量實在很辛苦呢。」

「明明很辛苦但圖書委員卻只委派一個人，真是難以理解耶。」

遠山將總是盤旋在腦海裡的疑問試著提出來詢問宮本老師。

「這一塊有很多原因呢……不過，目前正在檢討要將各班級的圖書委員增加為兩人，到時再請高井同學報名參選吧。」

「好、好的……請多多指教……」

雖然高井最近開始漸漸變得願意和人交談，但對於突然拋過來的話題，她還是會不知道該怎麼反應而顯得有些不知所措。

「喔呵呵，高井同學感覺很適合當圖書委員呢。」

高井每天都會來圖書室，遠山有想過如果她來當圖書委員應該會很開心吧。不過以高井的立場來說，看書的時間會減少。

「那我們回家了，之後要麻煩老師您了。」

「我會再去檢查圖書室的環境，你們回家路上小心喔。」

「好的，老師再見。」

遠山和高井兩個人將圖書室的鑰匙交給宮本老師後，便離開了教職員室。

◇

「菜希，我要先走了喔。」

「啊啊，葛格等等人家嘛～你打算把可愛的妹妹放著不管嗎～？」

「為什麼菜希妳比我還早起，卻老是差點趕不上時間啊。」

遠山家的早晨總是在這樣的對話中開啟。每天早上，儘管個性悠哉的菜希都比遠山還早起，卻老是會被哥哥放著不管先走一步。

「女生要花許多時間準備啊。哥哥你就是因為不懂這種女性的心理，才會備受——歡迎的嗎……？不對啊，可是像大奶星人那種美女……」

菜希似乎想起了誰，而在嘀咕著什麼。

「我出門了！」

遠山想著不能再理會菜希了，把她放著不管，通過玄關前往學校。

「啊啊！菜希也要一起去！」

菜希抱著書包，慌張地追著遠山，走出了玄關。

「吁啊吁啊……哥、哥哥你應該要對妹妹稍微溫柔一點！」

菜希大概是跑步追了上來，一邊喘著氣一邊說著莫名其妙的抱怨。

「我覺得我已經對菜希非常溫柔了哦？不對，稍微有點太寵妳了才對……？話說回來，菜希妳還是一樣體力不行哪。」

「就是這種地方！一點都不溫柔！哥哥你要反省！」

這麼說著菜希挨近身體，和遠山手挽起手來。

「好啦好啦……」

大概是每天他們都會像這樣互動，老是受到上學途中其他學生的注目，所以也不是那麼在意他人眼光了。

「遠山早安！」

然後另一個會造成注目原因的女生向遠山打了招呼。

「上原同學早安。」

最近遠山變得經常在上學途中遇到上原。

「啊啊！大奶星——」

遠山察覺到菜希想說出大奶星人這個詞，眼神淩厲地瞪她一眼。

「上、上原學姊早安……」

「菜希早安。妳今天也黏哥哥黏得很緊呢。」

「這麼說我的上原學姊，今天也埋伏等著哥哥不是嗎？」

「不、不是埋伏……那個……我覺得遠山和菜希快來了吧，才等著而已……」
「那種行為就是所謂的埋伏。」
「呃……」
大概是被說中了，上原對菜希的指摘保持沉默。
「快要遲到了，妳們兩個趕緊走吧。」
像這樣的互動經常發生，遠山丟下這兩個人快步地走向學校。
「啊啊，遠山等一下嘛。」
「哥哥這個冤家～」

三個人邊歡騰喧鬧著邊走過了校門，這也逐漸變成了慣例。
「那我們走這邊喔。」
一到達要跟初中部的菜希分開走的地點後，這次換上原和遠山手挽起手來。
「上、上原同學？這、這稍微有點引人注目，還是別挽手了吧？」
「啊啊！上原學姊妳趁亂在做什麼啊！」
「遠山就由我負起責任把他好好帶到教室，菜希妳放心吧。」
「這樣反而不能放心！」
「菜希，再會啦。」

上原無視這樣說著的兩人，她把遠山拖著走向高中部的校舍，兩人一起消失了蹤影。

最後，遠山就這樣維持著和上原手挽手的姿勢，被帶到了教室附近。

「那麼上原同學，妳差不多可以放開我的手臂了吧？」

和菜希分開之後，直到教室附近為止都和上原挽著手走路，一路上沐浴在其他學生的注目下，讓他感到芒刺在背。上原在學校裡是學生之間有名的美少女，那樣的她和男生手挽著手走在走廊上，當然會引人注目。而當那個對象是個不起眼的男學生時更是如此。

「就保持這樣進教室吧？」

「咦？要是那樣做，會被誤會的哦？」

「遠山你被誤會的話會不開心嗎？」

「那、那個……」

「還是說……被高井同學看見你會困擾？」

「……」

「抱、抱歉……我不小心說出壞心眼的話了……」

當遠山什麼都不說地陷入沉默時，回過神來的上原察覺自己的失言，感覺很難為情地從遠山身上別開視線。

「不會，沒關係。上原同學妳沒有錯。」

「抱歉……」

上原以為自己打壞了遠山的心情，不禁垂頭喪氣。

「上原同學，一起進教室吧。」

「好！」

追根究柢還是遠山自己起的頭，才會害得上原感到消沉。至少作為補償，遠山決定保持和她手挽手的狀態進入教室。

教室就近在眼前，讓遠山既猶豫又緊張。保持這種姿勢直接進入教室一定會成為眾人的注目焦點吧，高井應該也會看見。這些想法在他腦中掠過，另一邊的上原和遠山手挽著手，似乎很開心。

——不管啦，就這樣！

遠山做好覺悟後，和上原保持著手挽手的姿勢，進入了教室。

——！

遠山和上原一從門後現身，眾人的目光就聚集到兩人身上。開始上課前喧鬧不已的教室一瞬間安靜下來，竊竊私語的聲音傳到兩人耳中。

『那兩個人，手挽著手進來耶……』

『他們果然在交往吧？』

『不對不對，沒那回事吧。肯定是上原同學在跟遠山開玩笑啦。』

『不過，你有見過上原同學和其他男生做那種事嗎？』

『被你這麼一說，從來沒有過呢……』

『對吧？』

傳入耳中的交談是對兩人之間的關係抱持懷疑的內容。

「遠山！你們也太大膽了吧？還是說你們兩個什麼時候已經開始交往了嗎？」

一邊拍著遠山的後背，一邊上前搭話的是同班同學奧山翔太。他的發言讓原本籠罩在微妙氛圍中的教室瞬間改變了氣氛。

「奧、奧山同學？我們當然沒有在交往……」

「如果不是情侶，一般人是不會光明正大地手挽手進來教室的喔？」

「那、那個是……」

奧山說的話合情合理，遠山無法反駁。

『果然他們兩個在交往嗎……我一直都覺得很可疑喔。』

『說得也是哪……上原同學對遠山的肢體接觸也很頻繁呢。』

『好羨慕啊……』

奧山的一席話逐漸改變了大家的認知，這下子班上同學更確信遠山和上原正在交往中。

「麻里花，原來你們真的在交往嗎？我從翔太那邊聽到時，還嚇了一跳呢。」

奧山的女朋友小嶋理繪的發言更是持續追擊。

「連小、小嶋同學也這樣？這、這是因為到剛才為止我和我妹還有上原在互相鬧著玩，就像那個的延長，對吧？」

希望能把這件事當成只是在鬧著玩的遠山，藉著眼神接觸向上原尋求肯定。

「呃、對……沒錯沒錯！剛剛我和菜希一起在開遠山的玩笑鬧著玩而已，沒有在交往啦。」

「嗯～……算了，如果你們想當成那樣，也是沒關係啦。呵呵。」

小嶋用別有含意的說話方式做了總結。

『上原同學說他們沒在交往喔。』

『太好了……』

『不過啊……他能夠和上原同學交情這麼好真讓人羨慕。』

『確實是……』

『簡直像即將開始交往前的情侶一樣耶……』

『就是那樣。』

上原雖然予以否認，班上同學的認知卻似乎沒有改變多少。

「總之加油吧，遠山。」

「奧山同學，你這話是要我在什麼方面加油……？」

「誰知道呢，我不說你也懂——高、高井同學？」

奧山感覺到背後有人的氣息，中斷對話轉頭一看，站在那裡的是感覺很不開心的高井。

「高、高井同學……妳的表情很可怕，是在生什麼氣嗎？」

奧山畏畏縮縮地對著不開心的高井提問道。

「我並沒有生氣，我總是這副表情。」

高井平常總是面無表情，但她現在表達出來的感情，即使是與她沒有深交的奧山都看得出來。

「那、那就好。那妳是有事想找誰嗎？」

聽見奧山的提問，高井無言地點了點頭，將一本書遞給遠山。

「這是之前向你借的書。謝謝，很好看。」

「啊，好喔……」

遠山一收下書，高井便不發一語地回到自己的座位上。

「哎啊？哎啊哎啊……怎麼事情好像變嚴重了呢，麻里花？感覺好像情敵登場了？」

小嶋從高井的神情中察覺了什麼，開玩笑似地向上原提出帶著誘導的疑問。

「就、就說不是那樣了嘛，理繪。」

「我感覺到高井同學散發出不同於以往的氛圍，這也是我多心了嗎？」

「就說沒事了嘛。」

「既然麻里花都這麼說了，那好吧。不過……高井同學很可愛，可不要被橫刀奪愛了喔。」

對於小嶋這句話，上原無話可回。

「那麼遠山，哪個是你的真命天女呢？」

看到一連串的發展，奧山搭著遠山的肩膀，用周遭人聽不見的小聲量向他問道。

「奧、奧山同學……她們兩個和我都不是那種……」

目前他們三個人的關係，實在是無法說真話的狀態，遠山含糊其辭。

「我明白你想隱瞞，但從上原同學的行動和高井同學的樣子看來，我想總有一天會曝光的喔。」

就像奧山說的一樣，上原對待遠山的方式，不管由誰來看都是超出對待異性友人範疇的肢體接觸。而且對於遠山與上原，高井也無法保持漠不關心的態度了。

「……我現在沒有話可說。難得奧山同學願意為我擔心，真是抱歉。」

「是嗎……算了……等你想說時，隨時都可以找我商量喔。」

「好，謝謝你。到時候再麻煩你。」

話雖這麼說，但想到他和高井之間的關係，遠山十分清楚這是不能輕易拿出來和別人商量的內容。

「嗯，隨時都可以喔。那……老師差不多要來了，得趕緊回座位了。」

就這樣，班上同學漸漸開始懷疑遠山和上原、高井之間的關係。

午休時間，遠山、沖田千尋、上原、相澤美香四人，一如往常般地聚集在一起吃午餐。
「沖田同學的便當色彩豐富，感覺很美味，便當盒也小小一個好可愛呢。」
上原目不轉睛地盯著沖田的便當盒看，好像很感興趣。
「我從以前就在想了，沖田你只吃那樣會夠嗎？」
以前遠山對沖田感到疑問而曾問過他的事情，相澤似乎也有相同的想法。
「嗯，我的食量小，所以這些量就很足夠了。」
沖田的便當盒就像是節食中的女生會使用的那種單層形式，真的很小。
「與沖田相比，麻里花吃的量不管怎麼想都算多了吧？」
「等等美香，妳是看著哪裡說出這些話的啊！」
「我不說看哪裡……妳是不是又發育了？」
遠山忍不住追逐相澤的視線，上原把制服高高撐起的雙峰映入眼簾。
「哪哪哪、哪有那種事啊……比、比起那個，遠山你總是吃麵包或者飯糰，沒看過你帶便當呢。」

上原大概是對自己的體重增長有所自覺，為了轉移焦點，向遠山抛出其他話題。
「我爸媽都要工作相當辛苦，所以我跟他們說不用做便當。」
「嗯……那你自己試著做做看？」
相澤雖然說得很簡單，但做便當卻不是件簡單的事。
「相澤同學妳覺得我會那麼勤勞嗎？」
「嗯，遠山其實很會做料理……之類的，確實很難想像呢。」
「對吧？」
「這沒什麼好得意的吧。」
「說這些話的相澤同學會做料理嗎？」
「我都是自己做便當，有一定的自信喔。」
「咦，相澤同學每次都帶便當過來，原來是妳自己做的啊……上原同學呢？」
相澤自己做便當這件事，似乎讓遠山很意外。
「我、我……會做料理喔。經、經常在家裡幫忙。」
從她那沒自信而且無法說得肯定的樣子來看，上原對料理應該不是那麼擅長，只是想虛張聲勢罷了，遠山如此理解，但這種話他實在說不出口。
「麻里花，妳不用虛張聲勢也可以的。嗯。」
相澤看來有相同的想法，正因為是好友才不說客套話，會直接說清楚。

「才、才沒那種事啦！我會洗菜、用削皮器去皮……」

「還有呢？」

確實是有幫忙沒錯，但只有這些？遠山心想，而相澤幫他把心聲說了出來。

「撈湯渣、排碗盤？」

「嗯……這些都是幫忙沒錯，但我曉得麻里花不擅長做料理了。」

當排碗盤這件事也被列舉出來時，就知道她不擅長做料理，這裡在場的每個人應該都是這麼想吧。

「都、都說到這種地步了，那我就幫遠山做便當來當證明！等吃過那個便當之後再來判斷！」

「咦？怎麼是我……？妳幫相澤同學做不就好了？」

「你、你看，你老是吃超商的飯糰或是販賣部的麵包，我覺得你偶爾也要吃些營養均衡的食物啊……」

「不過，還要妳特地幫我做，實在很不好意思啊。」

「可以的！我就是做自己的便當時順便而已。」

遠山覺得讓人特地費心做便當實在很不好意思，但如果對方說是做自己的份時順便幫他做，那他就很難拒絕了。

「我、我明白了。那麼……就麻煩上原同學了。」

「好！那麼，遠山有喜歡或討厭的食物嗎？」
「嗯……內臟類的我不太喜歡，除此之外應該就沒什麼特別的了。」
「通常便當是不會放內臟的。」
上原隨即吐槽。
「說、說得也是呢。」
「那，配菜交給我決定嗎？如果你有要求我也可以做哦？」
「沒有，什麼都行哦。請上原同學做擅長的料理就行了。」
「好，我知道了！」
就這樣，事情演變成上原要做遠山的便當了。
「佑希，太好了耶！上原同學竟然要幫你做便當呢！」
擁有美麗心靈的沖田，看起來完全沒有想過上原是出自於什麼樣的目的才會提出要幫遠山做便當的。
「美香，回家路上妳陪我去一趟超市，買明天的便當材料吧。」
「妳明天就要做好帶來嗎？」
「對，接下來是梅雨季，帶便當的機會也會變少吧。」（註：日本的便當通常是早上做好放到中午不加熱直接吃，但梅雨季節悶熱，食物較容易變質。）
「啊，確實是呢。要是吃了麻里花的便當鬧肚子，也會造成遠山的心靈創傷的。」

「妳、妳別說那種不吉利的話啦！」

「抱歉抱歉，我會陪妳去買東西，也一起思考明天的菜單——」

相澤似乎感覺到什麼，對話到一半便停了下來，環顧周圍。

「美香？妳怎麼了？」

相澤看向感覺到視線的方向，只見高井窺視著這邊的情況。她和相澤的眼光有一瞬間對上了，卻立刻別開了視線。

「沒有……沒什麼。」

相澤對上原回答沒什麼，但心境卻變得複雜起來，她在心中嘆了一口氣。

◇

上原在宣告要做便當帶過來之後的隔天午休，由於是上原手作便當的發表會，以遠山為中心，上原、相澤、沖田等固定成員聚集在一塊。

「佑希，我去叫高井同學來喔。」

說著要去招呼高井，沖田從遠山等人的小圈圈之中抽身離開。

「高井同學，上原同學幫佑希做了便當，今天午餐要不要和我們一起吃？」

「咦？為什麼上原同學要幫佑希做便當……？」

「昨天大家一起吃午飯時，聊著聊著就變這樣了。」
「上原同學做給佑希……？」
「沒錯，佑希老是吃飯糰和麵包，營養會不均衡，上原同學就說：『我來做便當』。」
沖田將昨天的對話內容整個說明之後，高井做出了稍微思考了一下的動作。
「是嗎……今天也讓我和大家一起吃午飯吧。」
「太好了！那來吧。」
高井將已經打開的便當作個整理，走向遠山他們的所在地。
「今天高井同學說她也和我們一起吃午餐！」
什麼都不知道的沖田浮現滿面笑容，看來是打從心裡高興著能和高井一起吃午餐。
「今、今天麻里花做了便當帶來給大家看。據她本人說對料理很有信心，所以請柚實也期待一下……好嗎。」
另一位多少知道一些內情的相澤，她的反應則是與沖田呈現對照。對高井的心情有一定的理解，相澤無法全心全意地樂在上原給遠山做便當的這件事中。
「美香，我希望妳不要把難度提得太高啊……」
「哎呀？麻里花妳沒有自信嗎？」
正因為如此相澤才無法保持沉默，為了讓大家都能樂在其中，她努力地表現得很開朗。
「我、我很有自信！遠、遠山……我做了便當……那個……請你……」

與這句話完全相反，上原沒有自信地將便當盒交給遠山。

「上原同學謝謝妳……話說，妳是怎麼了呢？」

喜歡的男生將要對自己的便當作出評語，上原從來沒有這麼緊張過。

「那個……外表看起來沒有很好看……好像有點失敗了。」

「是這樣嗎？但我不在意，沒關係的哦。」

「嗯……不過！我覺得味道還算好吃哦！」

「那麼，我就不客氣地開動了。」

「如、如果不好吃的話，可以不用吃完哦。」

遠山鬆開綁住便當盒的布巾，拿下蓋子。聚集在一起的成員吞了吞口水看著他的動作。

便當的內容物是炸雞塊、漢堡排、燉煮配菜，辣炒牛蒡絲、高湯蛋捲等色彩豐富的豪華組合。

「配、配菜有這麼多樣？做料理時很辛苦吧？」

要是全部的配菜都是在早上做的，到底她是幾點起床的呢，遠山感到擔心。

「我也有放進昨天晚餐的配菜，所以也沒有那麼辛苦啦。」

「那就好，如果全都是早上做的話，我擔心妳會太辛苦了。」

「不用擔心這個，沒問題的哦。」

「那我就不客氣了……」

遠山煩惱著色彩豐富的配菜該從哪樣下手，然後他把筷子伸向高湯蛋捲，夾起一塊放入口中。

「嗯，好吃！」

「真的啊？我煎高湯蛋捲的同時，捲了好多次，但都沒辦法捲得很好，形狀變得垮垮的。但是你說好吃，這讓我好開心……」

「確實形狀是垮掉了，但甜度剛剛好，味道是正宗的高湯煎蛋哦。」

「太好了……」

嚐味道時，她覺得調味得很棒，是一道自己有信心的配菜，所以當遠山稱讚味道好時，上原鬆了一口氣。

「只有遠山吃太狡猾了！我也想吃！」

一直從旁默默守望著的相澤，聽到遠山的感想之後似乎再也無法忍耐了。

「那就大家分著吃吧。」

遠山開始將剩餘的兩塊高湯蛋捲分給高井、沖田和相澤。

「啊……好吃……我也喜歡這樣的甜度。」

「嗯，上原同學，很好吃耶！」

「這還是我第一次吃到麻里花的手作料理呢。」

來自高井、沖田和相澤的評價都很不錯，可以看出似乎是不論誰來吃都會覺得好吃的調味方式。

「嘿嘿……受到大家稱讚讓我好開心……不過，其實我媽也有幫忙調味，所以重做了兩次左右吧。」

「我知道這是妳第一次作這道菜的關係，不用擔心。」

對身為好友的相澤來說，只要是上原的事情她應該都能看穿吧。

「咦？是嗎？」

「是啊。因為大家……除了不懂得懷疑別人，擁有美麗心靈的沖田以外，都不相信麻里花妳擅長做料理啊。對吧，遠山？」

「相澤同學，妳要我接那句話？」

「那，柚實。」

「只要吃了高湯蛋捲，我想就不會有人認為上原同學不擅長做料理。」

儘管突然被點到名，高井也沒有露出煩惱的樣子，淡淡地陳述感想。

「她這麼說哦。這不是很棒嗎，連柚實都掛保證了。」

「高井同學每天都自己做便當帶來學校吧？」

如同沖田所言，高井幾乎每天都會自己帶便當。

「幾乎都是晚餐的剩菜。我家由於母親在晚餐時間要工作不在家，所以都自己做飯。」

雖然總是在高井的房間待到晚餐的時間為止，但遠山不知道這件事。對於不敢碰觸她家的家務事的遠山來說，他又認識了高井新的一面。

「的確之前妳也曾說過呢。我也想吃吃看柚實的便當。」

相澤當然不是個貪吃鬼，但她對高井的便當展現出興趣。

「咦？這是昨天晚餐的剩菜，所以不是很好吃喔。」

「遠山你也想吃吃看對吧？」

「咦？我是也想吃吃看，沒錯啦？」

「那就這麼決定了！不過，要是大家都吃的話，柚實的便當就會被吃光了，所以柚實也吃點麻里花做的便當就好了。啊，我的便當也分一點給妳。」

上原的便當發表會不知為何變成便當的交換會，但相澤和沖田看起來都很樂在其中，而且最棒的是能和高井等五人一起吃便當，遠山很高興。

「好，來分啦～」

這麼說著，相澤連不是自己便當的配菜都開始分。感覺她生來就是適合擔任團體中心人物。

「嗯！柚實做的燉煮配菜，高湯有入味，很好吃！」

相澤從高井的便當中夾出燉煮配菜並含入口中，臉上漾出微笑。應該是相當美味吧。

「相澤同學的漢堡排也是既柔軟又多汁，很好吃。」

被分成小份的漢堡排的切口有肉汁溢出。相澤做的漢堡排是連高井也會讚嘆的絕品。

「我也想吃！」

上原用筷子夾了一塊相澤的漢堡排放到口中。

「真的耶……雖然不甘心，但比我做的好吃多了……」

與自己為遠山做的漢堡排做比較之後，上原為那種味道的高下之差隱隱表露出不甘心。

「我和柚實是每天做料理，和麻里花的年資不一樣，所以別灰心啊。」

「沒錯，上原同學只要經過練習，也會和她們一樣厲害的，沒問題。」

「好，我會加油，讓自己能夠做出更好吃的料理！」

受到高井的認證，上原似乎有些開心。

「不過，上原同學的便當也很好吃哦！不管何時要出嫁都能當個好新娘了呢！」

沖田的言行舉止完全沒有惡意，總是很開朗這是他的優點，但偶爾也會丟出像這樣的炸彈。

「咦！新、新娘……不是，我還只是高中生……應該說有點太急了……對吧？遠山？」

大概是新娘這個詞語的對象讓她腦海浮現心上人，她似乎有些害羞地瞥了瞥遠山，有意無意地持續展現自己的魅力。

「說、說得對呢。啊哈哈……」

在高井面前被上原顯而易見地施展魅力，遠山不知道該怎麼反應才好，只能給予曖昧的回答。

「我、我說，佑希……明、明天我做便當來給你吧？」
像是突然想到什麼般地，連高井都說要幫他做便當了。
「咦？那、那樣很不好意思吧……不、不用也沒關係啦。」
遠山很不好意思地拒絕之後，高井似乎有些落寞地低下頭。
「沒關係吧，也讓柚實做便當給你啦。午餐費也省下了。」
看見她那樣，相澤立刻幫腔。她無法坐視高井沮喪的樣子。
「是啊，佑希。難得高井說要幫你做便當，你就接受她的好意吧。」
沖田與相澤的意見一致，也對遠山說出同樣的話，遠山露出有些煩惱的神情。
「那、那就承蒙好意了……高井，明天可以請妳幫我做便當嗎？」
再繼續拒絕的話，反而就會不自然了。考慮過上原的心情之後，遠山也要考慮高井的心情，決定拜託她幫忙做。
「嗯，我知道了。那麼……今天放學後我們兩個一起到超市採買吧？」
「妳要和我一起去採買食材嗎？」
「對，一起決定菜單內容我就不需要獨自煩惱了，不會浪費時間。」
嘴上說是注重效率，實際上是在暗諷上原，遠山和相澤都心裡明白。
「我、我知道了。放學後一起去超市後再回家吧。」
以總是很謹慎的高井來說，這算是強硬的言行，背後應該有著不想輸給上原的心情吧。

「佑希，高井同學也要做便當給你，真是太好了呢！」

上原作給遠山的便當發表會在往令人意外的方向發展之後閉幕。後半時讓遠山和相澤感到緊張不安，而上原應該也是心情複雜吧。唯有沖田是單純地為朋友感到欣慰。

「所以，妳要做什麼料理？」

在超市中他一邊看著食材一邊向高井問道。

由於『會變成大包小包的，而且家裡附近的超市比較便宜』這個理由，兩人來到高井家附近的超市。

「我要做佑希想吃的東西，所以你說吧。」

就算被這麼說，他也沒辦法立刻想到而煩惱著，高井突然把臉湊近在他耳邊輕聲說：

「我說，佑希……今天我家沒有人在……你也留下來吃晚飯吧？」

自從在體育用具倉庫前與倉島和石山發生事件以來，遠山總有一種愧疚感，讓他對造訪高井的房間這件事感到遲疑。

「……啊、對啊……今天應該會變成妳招待我吃晚飯了呢……」

從高井的口中說出來的話語很明顯是在邀請。在那甜美的邀請面前，遠山雖然堅持了一下，但無法控制性欲的他很乾脆地屈服了。

「嗯……」

高井微微點了點頭，大概是在期待著接下來要在自己房間做的事，她的表情莫名地豔麗。看見高井這樣的姿態，遠山也不得不期待了起來。

採買完東西之後到家的兩人將食材放入冰箱，前往高井的房間。

「總覺得好久沒來高井妳的房間了。」

久未到訪的高井房間充斥著她的味道，想像到接下來將要在眼前的床鋪上進行的行為，更是刺激著遠山的大腦。

——！

「高、高井……」

遠山突然被壓倒在床上變成仰躺姿勢，高井欺身跨坐在他身上。

「這股氣味……好久沒聞到了……」

高井宛如在撒嬌般地抱了上來，她將嘴唇與鼻子貼在遠山的脖頸上，發出嗅聞聲地開始聞他的氣味。

「我還沒有洗澡，都是汗臭味髒兮兮的……」

「不髒啊……而且當我一聞到佑希的氣味時……就覺得平靜……」

遠山對高井的這種行為感到憐愛，用右手將她的頭拉近，把臉埋在她的頭髮中。

「啊……」

「高井妳也……很好聞……」

高井的頭髮隱約殘留著洗髮精的香味，讓遠山的鼻腔感到搔癢。

「佑希你的……已經很有精神了哦……？」

被高井跨坐在身上，被緊緊抱著，受到那柔軟的觸感與她美好氣味的刺激，遠山制服褲子上脹著巨大的鼓起。

「這點高井妳也是啊。」

遠山從大腿碰觸到的高井的身體上，感受到帶著淫氣的熱意。

「啊、啊啊……才、才沒那種……事。」

高井似乎很害羞地把臉埋到棉被裡。

「佑希……你好像很難受……我幫你脫掉。」

短暫的擁抱似乎讓兩人平靜了下來，高井起身，開始脫掉遠山制服的皮帶。將褲子與內褲一口氣脫下之後，接著開始脫起自己的內褲。

高井讓內褲就這麼掛在單腳的足踝上，再度跨坐到遠山身上。

「高、高井？這、這樣不行啦！」

呈現跨坐姿態的高井將要直接坐上來的那瞬間，遠山以兩手抓住高井的細腰，慌張地讓她的動作停下來。

「啊啊！」

被遠山抓住腰肢，高井發出微弱的嬌喘。

「為什麼……？」

「妳還問為什麼……那是當然的吧！連避孕措施都沒做……當然不可以啦。」

高井打算沒戴保險套就直接做出那個行為。

「佑希你……不想做嗎……？」

「我當然想做啦……但是，照這樣下去的話好像會無法踩剎車，感覺很可怕……所以，必須繼續保持不越界才行。」

遠山害怕自己沉溺於快樂之後，會將高井與周圍的人捲進來，造成大家的困擾。

「……我非常渴望佑希……才說了些任性的話，對不起。」

臉上浮現落寞的表情，訴說真實情感的高井姿態，打動了遠山的心，他再次抱住她。

「高井妳不用道歉哦。其實我也是……所以我現在就好好地把保險套戴好。」

「嗯……」

做了久違的行為，兩人忘記時間的流逝，忘情地尋求彼此。

流了滿身大汗的兩人洗了個澡，高井身穿圍裙站在廚房，遠山坐在客廳的沙發上看著電視。

「佑希，晚飯準備得差不多了哦。」

拜託高井一個人準備料理實在是令人心疼，遠山有提出要幫忙，但卻被說會添麻煩，而遭到拒絕了。那個光景宛如新婚夫妻一樣。

「啊，我馬上過去。」

關掉電視，從沙發上起身的遠山走向廚房。放在桌上的料理都是剛出爐的，熱氣從菜餚上方蒸騰而出。

菜單僅僅只有奶油煎豬肉，搭配煮熟的蔬菜。打從在超市採買時，兩人就已經在想著要做愛的事情，幾乎沒有做料理的時間，所以就做些簡單的菜。

「嗯，好吃！肉很軟，這個湯汁也非常棒呢。」

因為每天都要做料理的關係，高井的手藝相當好，做料理的能力無可挑剔。

「太好了……佑希能夠喜歡讓我好開心……」

今天的高井很坦率。不管是午休時間說出要幫忙做便當也好，在超市提出邀請時也好，還有在床上撒嬌等等，難得坦率地表現出情感。

「總覺得……我們兩個就像是新婚夫妻一樣呢……不，雖然我沒結過婚，但夫妻應該就是這種感覺吧。」

看著這樣的高井，遠山也老實說出平常不會說出口的心情。

「……當夫妻也沒有多好哦……佑希你的父母感情好嗎？」

和上原呈現對照，高井似乎並不憧憬結婚。

「啊……我爸媽應該算感情好吧？我沒看過他們吵架。」

「那你的父母真是和睦呢……我想佑希你應該知道我的父母離婚了，我父親有外遇……那就是離婚的原因。」

遠山雖然知道高井的雙親已經離婚，但從沒細問過原因。至今為止高井也未曾主動提起過，所以遠山也沒想過要特地打聽。而現在，不知為何高井突然想要說出口，這讓遠山感到疑惑。

「由於我父親身上總是隱約看得到其他女人的蛛絲馬跡，他們兩個一直為此在吵架……當時還小的我看見這副景象覺得很難過。」

——就是這個原因嗎……剛剛我說到就像是新婚一樣時，高井才會抱持否定的態度。

高井小時候，總是目睹父母親在吵架的場面，對夫妻就不再抱持著憧憬了吧。

「而且他們離婚之後，那個人變得對我們漠不關心，當姊姊成為大學生之後，就幾乎不回來家裡了。」

「那個人」指的想必是她母親。高井所說的「我們」則是包含她姊姊在內，是指遭到母親漠不關心的孩子們吧。

遠山回想起曾經見過一次面的高井的母親。

——不過當時我並沒有感覺到她有那麼漠不關心和冷漠呢。

即使遠山這麼心想，但他終究是外人，只憑見過一次面，當然是無法看清楚的。

遠山不知道該怎麼回答而語塞，而後高井也沒再碰觸更多這個話題了。

「抱歉說了這種沉重的事，料理冷了就不好了，趕緊吃吧。」

「說得也是呢。難得有這麼美味的料理要是冷掉就浪費了。」

之後遠山兩人也沒有再對話，默默地吃著。可是，對遠山來說即使沒有談話也是令他感到舒適的時間。

「呼……謝謝招待，很好吃哦。」

「我來泡茶，你去客廳等等。」

「洗碗盤就讓我來吧。」

「不用，沒關係的。時間也已經晚了，佑希你回家後我再收拾就好。」

「啊！真的耶，已經超過九點了。」

抱完高井之後，又做了晚餐的準備等等，導致他留到比平常更晚了。

「佑希你時間上沒關係嗎？」

「嗯，已經聯絡過家裡我不吃晚飯了，而且我家沒有門禁時間所以沒關係的。」

「是嗎……即使如此還是早點回家比較好吧。」

「嗯，喝完茶我就回家。」

遠山回到客廳坐到沙發上，以視線追逐著從餐桌上整理碗盤的高井。

遠山至今為止都只為了做愛來到高井家。今天他也抱了高井所以沒有改變，但是之後一起吃了晚飯，像這樣舒適休息，一想到這裡，在體育用具倉庫前的事件成為了與她縮短精神距離的契機。

那個事件讓遠山與高井、上原三人的關係更加前進了一步，但也更複雜了。

「今天承蒙妳招待了。之後還讓妳收拾不好意思啊。」

遠山準備好回家之後，在高井的目送之下正打算走出玄關。

「不會，我才要抱歉讓你陪我到這麼晚。」

「沒那種事啦。料理很好吃，而且今天……那個……也久違了。」

「嗯……我也覺得久違了……很好……」

難以直接言明的話意，似乎確實地傳達給了高井。

「佑希……」

高井輕輕閉上眼睛，抬起了下巴，似乎是希望遠山能夠親吻她。站在玄關高出一段的地方，高井的臉正好與遠山眼睛的高度齊平。

「嗯……」

如果在這裡進入那個狀態的話，就會留戀不捨，遠山只敢在高井的唇瓣上輕輕碰觸地親了一下。

「……路上、小心哦。」

高井羞紅了雙頰，用覺得還不夠似的表情直盯著遠山。

「嗯，明天的便當也敬請期待哦。」

遠山雖然覺得留戀不捨，但他對自己說這樣會沒完沒了，於是轉身背對高井將手伸向玄關的門把準備開門。然而才剛伸出手，門上就響起了喀喳一聲的開鎖聲。

「我回來了——哎呀？你是哪位？」

門從外頭被打開，從玄關進來的女性看見遠山便歪了歪頭。遠山由於事發突然而不知該如何是好，只能原地呆站著並茫然地看著那位女性。

「姊姊？今天妳不是不會回家……」

「柚實，這裡是我家，我當然會回來啊。話說回來，這個男生就是妳男友吧？」

「那、那個，我是高井同學的同班同學，我叫遠山。」

「我是那邊的柚實的姊姊，我叫做伶奈，是活跳跳的女大學生！請多多指教啊，遠山同學！」

「好、好的，請多多指教。」

自稱名叫伶奈的成熟美人是高井的姊姊，看起來是個女大學生。她一頭短髮造型，身材很好，豐滿的胸部吸引了遠山的目光。

「哎呀，遠山同學？在女友面前看其他女生看得入迷，這樣不行哦？柚實會傷心的哦？」

「啊、呃……我只是有一點嚇到，沒看得入迷……」

「開玩笑的，只是玩笑話。忍不住慌張的遠山同學很可愛耶，讓姊姊我稍微心動了一下。」

「姊姊！妳今天怎麼回家了呢？妳幾乎不太回家的說。」

「剛剛我也說了，這裡是我的家，我當然會回家的啊？差不多要開始認真找工作了，接下來我會每天回家哦？」

「咦……妳不是和男朋友同居嗎？」

「也不算同居啦，而且我跟男朋友也分手了哦。我跟他說我變忙了會很難見面，他就變得糾纏不休，我覺得剛好也是個機會啦。」

伶奈的話讓高井沉默不語。

「事情就是這樣，柚實請多多指教嘍。」

伶奈和高井的臉龐長得神似，個性卻正好相反，散發著現實生活充實的人的氣場。開朗友善，想必在男性間一定很受歡迎吧，遠山輕易地就能想像到。

——即使如此，高井竟然會那樣顯現出感情……她和她姊姊感情不好嗎？

難得一見的高井表現感情的姿態，讓遠山了解到高井的家庭環境的複雜。

「那麼，時間很晚了我差不多該回家了。打擾了。」

遠山心想自己再繼續待著也只會打擾到她們，他向伶奈道別。

「好喔，遠山同學下次再來玩吧。啊，對了！下次你在柚實的房間做愛時，要多注意點哦。因為會發出聲音所以你們在做什麼實在太明顯了。」

聽到她這番話，遠山感覺得到自己體內的血氣盡失。

「妳、妳在說什麼呢……？」

高井因為和遠山之間的情事被聽見而感到太過羞恥，連脖子都羞得通紅，低下了頭。

「不用隱藏也沒關係啊？明明我常常回家，只是你們太過熱中才沒有發現。我可以理解柚實也到了會對這種事有興趣的年紀，所以也沒打算說出口。不過，避孕一定要做好哦。好嗎，遠山同學？」

「好、好的……」

和高井做愛時的聲音被伶奈給聽見了，還被予以指摘，沒有比這更丟臉的情況了，遠山感覺要是有洞他很想鑽進去。

「嗯，很好，遠山同學那就這樣啦。」

「打、打擾了……告辭。」

在玄關脫掉鞋子之後，伶奈走向客廳消失了身影。

「佑希，抱歉哦……」

被伶奈得知兩人的關係大概令高井相當震驚，她到現在都是一副快哭出來的表情。

「高井妳不需要道歉啦。妳姊姊也沒有責罵我們……」

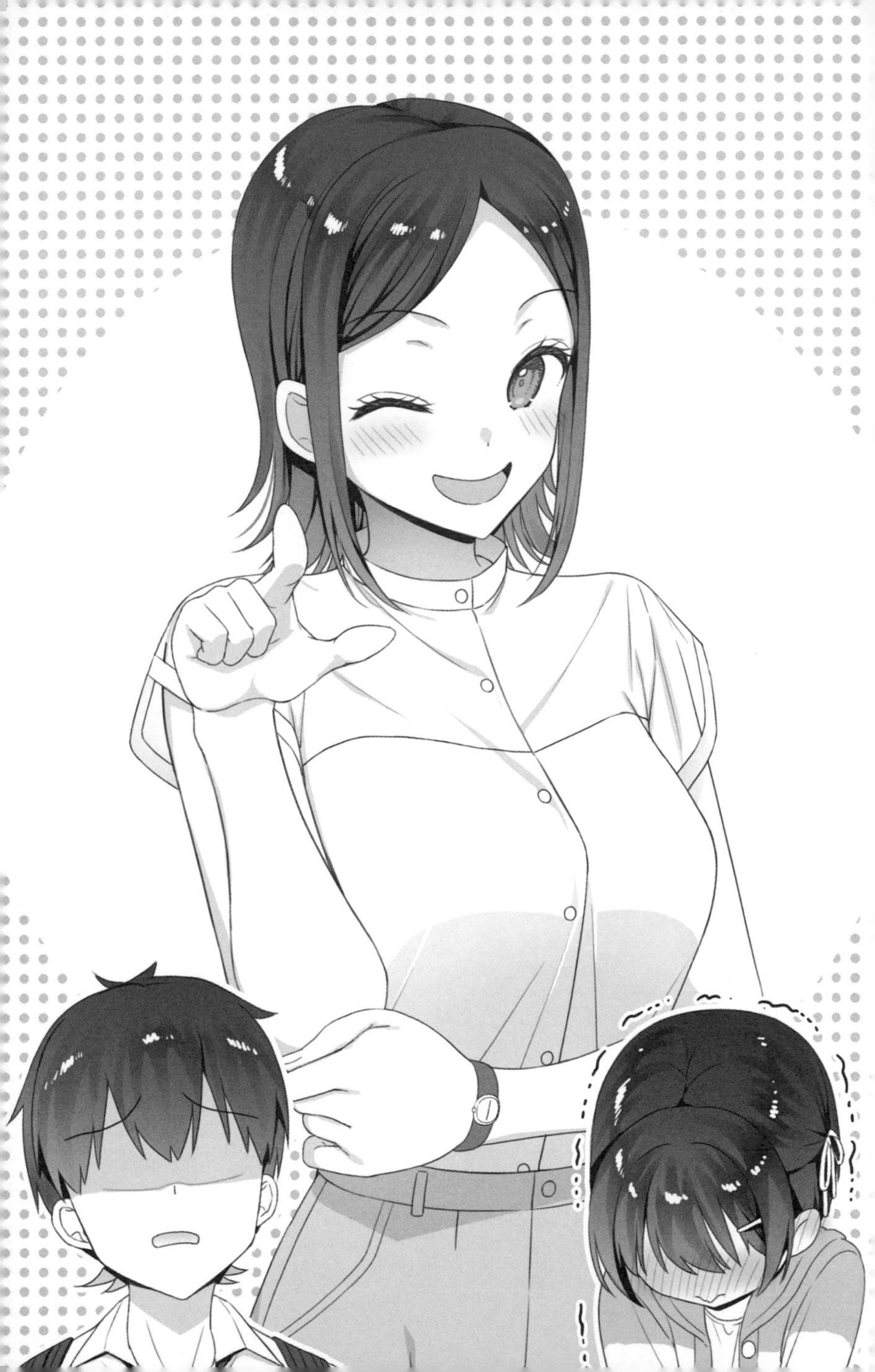

「雖然是這樣沒錯……」

「不過，接下來我在高井家就必須自重才可以了……」

既然她說她每天都在，就代表今後很難在高井的房間做愛了吧。只要兩人待在房間裡，就會遭到伶奈的猜疑。

「你說得對……」

原本由於久違地與遠山做愛而感到歡喜的高井，接下來要邀他來房間變得困難，心情就像是被推到地獄的深淵一樣。

「那我回家了哦……」

「嗯……路上小心……」

「好，晚安。」

遠山連招呼都沒有好好說完，就急忙離開了高井家。

與伶奈初次在高井家見面之後已經過了兩週，遠山從那之後一次也沒再去過高井家。

雖然別去在意伶奈在家的事，只要不出聲地做愛就好，但兩人實在沒有變得這麼大膽的勇氣。

放學後，高井說有想要借的書，要求遠山陪她，在圖書室借完書之後，兩人走向回家的車站。

「高井，從那以後妳姊姊都在家嗎？」

「嗯，她雖然會去大學上課，但晚上就會回來，每天都在家哦。」

「這樣啊……」

由於變得不太方便去高井家，遠山的心情也有點受到影響。

「……我說，今天去佑希家可以嗎？」

「咦？等一下嗎？」

「對，我想去看看佑希你家。」

——妹妹應該在家裡……不過算了。

「嗯，可以啊。雖然我妹應該在家。」

「謝謝。不好意思說了任性的話。」

雖然不知道高井為何會說想來看看家裡，但要是被妹妹看見了也不會困擾，所以決定招待她來家裡。

「這裡就是佑希的家……」

高井盯著遠山的家，不知為何很感動。

「請進。雖然可能有點亂啦。」

「打、打擾了。」

打開玄關招呼高井進門時，她神色緊張，畏畏縮縮地踏入家中。

「哥哥歡迎回家！呃……妳是誰？」

聽到玄關傳來聲響，妹妹菜希為了迎接而出來玄關，卻因為遠山帶著不認識的女生而驚呼出聲。

「和我同班的朋友啦。」

「初、初次見面，我是他的同班同學高井。」

聽到遠山的介紹，高井怯生生地自我介紹。

「哥哥……難道說你現在走桃花運？」

的確，把異性帶回家裡這件事情，通常會被認為兩人不是單純的朋友關係，菜希說得非常有道理。

「菜希，首先請妳向高井打招呼。」

「初次見面，我是遠山菜希。哥哥平日受妳照顧了。」

「好、好的，請多多指教。」

「嗯……」

結束打招呼後的菜希用像是舔舐般的眼神從高井的腳尖打量到頭頂。

「怎、怎麼了嗎……？」

菜希那副模樣似乎讓高井心驚膽跳地感到害怕。

「哥哥……你帶了相當可愛的人回來耶。胸部雖然普通……但從腰開始到屁股這一帶是一百分哦。」

雖然不清楚到底是幾點算滿分中的一百分呢，但就像菜希說的，高井的胸部是普通尺寸，但從腰開始到屁股這一帶很性感，在她的身體中是遠山喜歡的部位。

話雖如此，突然說出這種話的菜希還是讓遠山感到慌張。

「妳、妳這傢伙在說些什麼啊？抱歉高井，我妹有點怪。」

照這個走向，菜希會像初次見到上原那時一樣，遠山無法忽略這種似曾相識的感覺。

「呵呵，真是有趣的妹妹呢。」
高井看來沒有特別在意的樣子，遠山鬆了一口氣。
「會有趣嗎？我覺得她這樣只能算單純的性騷擾而已。」
「既然佑希都這麼說了，也算是性騷擾沒錯，但她是可愛的妹妹所以沒關係。」
「菜希……妳算是賺到了呢。」
這話由上原或相澤來說也會變得像在性騷擾一樣，果然身為年紀比較小的女孩子，就會有與年紀相應的強度，現在這瞬間正證明了這件事。
「那是因為菜希很可愛呢！高井學姊妳很會看人哦。」
「高井，妳太誇菜希的話，她會得意忘形的，請妳要節制。」
「佑希和你妹妹感情真好耶……真羨慕。」
「就是這樣！哥哥和菜希感情好到會一起睡同一床棉被！」
「菜希！不要說那種會招來誤會的話！」
「佑希……你連親妹妹都出手了嗎……？」
「別用『連』這種向好幾個人出過手的說法！我只向高井妳——」
在菜希面前驚險地差點說出向高井出過手的遠山，及時打住快要脫口而出的話語。
「總、總之高井妳別做奇怪的想像。我去整理一下房間，妳坐在那裡等我。」
萬一被看見會困擾的東西都已經藏好了，所以他想是沒問題的，只是為了確認房間才會請高井稍等一下。

「菜希，妳拿一些飲料出來請高井喝。還有，請妳把誤會解開。」

「好啦好啦。那麼高井學姊，就由菜希我來泡美味的紅茶。」

「啊，菜希學妹，妳不用為我費心也沒關係的。」

「不會不會，高井學姊妳是我哥第一次帶回家的女生，我們一邊喝茶一邊多聊聊吧。」

「第一次……這樣啊……好開心……」

聽到自己是遠山第一次帶回家裡的女生，高井臉上漾出笑容。

「高井學姊，請用茶。」

從濾壓壺中倒出紅茶注入茶杯中，芳醇的紅茶香味在客廳中飄散開來。

「哇，好香……連濾壓壺都用上了，很講究呢。」

「對吧？菜希很喜歡紅茶，這是我精挑細選的茶葉哦。」

「我在家裡也會想試著用濾壓壺來沖泡紅茶看看呢。」

「和茶包不同，不僅香味而已，連味道都會確實泡出來，我很推薦濾壓壺！要是可以的話，下次一起去看看吧？」

「好，到時再麻煩妳了。」

「那麼，為了之後能夠互相交流訊息，我們來登錄聯絡方式吧。請高井學姊用手機掃這個QR碼。」

順利地交換聯絡方式之後，菜希用認真的表情重新面對高井。

「那麼……高井學姊妳和我哥哥正在交往嗎？」

突如其來的問題，令高井不知該如何回答而語塞。

「……我、我和佑希……並不是戀人關係、哦。」

「嗯……是這樣嗎？但妳卻直接稱呼我哥哥的名字，很是親近呢。」

「那、那是因為……總覺得那樣稱呼比較好叫而已……」

高井本身未曾向遠山說過喜歡他，理解到自己只是順應情勢地持續著那樣的關係而已，她無法將自己說成是他的戀人或是女友之類的。

「是這樣嗎……那麼，哥哥的戀人果然是那個人嗎？」

「咦？」

「早上我和哥哥一起上學時，經常會有個女生在半路和我們會合一起走到學校哦。我以為高井學姊是他的女朋友，結果妳說不是，從大奶星人的態度來看，她對哥哥的喜歡顯而易見，我才想會不會是那樣。」

「原、原來是這樣啊……」

那個胸部很大的女生，光是聽到描述就能知道是上原，高井的內心動搖了。

「不過，他們還沒有在交往的感覺……也不曾把她帶回家裡過，所以我感覺應該是大奶星人的一廂情願吧？但哥哥也不是完全不在乎的樣子……要交往應該是時間問題吧？」

菜希的這種說話方式，感覺是故意要讓高井產生動搖般的講法。由於還不是很清楚遠山與高井的關係，藉由使對方動搖而烤問出實情，正是菜希的作戰。

「……」

默默聽著菜希說話的高井，也產生再這樣下去遠山總有一天會拜倒在上原的石榴裙下的危機感。

「所以說，說不定還有機會的哦？高井學姊？」

菜希明顯地是對著高井丟出「妳覺得怎麼樣呢？」的疑問。

「我、我……並不是那種……」

炮友這種靡爛的關係，成為阻止高井與遠山變成情侶的枷鎖。

「高井學姊妳很容易被看穿呢。妳喜歡哥哥對吧？」

菜希的直球提問使得高井無言地同意了。她已經無法再向自己的心說謊下去了。

「那麼，那就必須想辦法別輸哦。大奶星人非常主動，可能真的會被她得手的哦。」

菜希的這句話大概高井也曾想過吧，她以認真的神情思考著些什麼。

「高井，久等了。怎麼了？妳們兩個的表情很嚴肅耶？啊，難道菜希又說了些沒禮貌的話嗎？」

高井和菜希沒有交談，以沉重的表情沉默著，遠山看到這幅景象，懷疑該不會是妹妹又說了失禮的話吧。

「沒有，不是那樣的。我們只是在聊女孩子間的話題而已。菜希學妹，對吧？」

「對啊，菜希也是會說認真的話題哦。哥哥把菜希當成什麼了啦。真沒禮貌。」

「抱、抱歉啦。菜希是個好孩子，是我引以為傲的妹妹。」

「很好。」

稍微誇一下心情就變好，菜希還真好應付，遠山邊這麼心想，邊將視線轉向高井。

「高井，要不要到我房間來？」

「哥哥，不可以在房間做色色的事喔。」

「才、才不會做！菜希妳不用管，我要去房間了。」

其實遠山內心期待著說不定能和高井做一點點色色的事，被菜希看穿了心思，就像做了虧心事一樣，選擇快速地退避到房間中。

「這裡就是佑希的房間……果然有很多書呢。」

被帶到遠山房間裡來的高井，用饒富興趣的神情不斷地環視周圍。

「還沒到高井的房間裡那麼多啦。」

「和佑希你擁有的書本數量應該是差不多的。」

「是嗎？感覺上是高井妳的書明顯多得多了。」

「……問你哦……有色色的書嗎？」

「咦？沒、沒有那種書啦。就算真的有，高井妳要來當然也不會放在房間裡啦。還有菜希也會進到我的房間裡來。」

「不想被可愛的妹妹看見那個對吧。她看起來最喜歡哥哥了，你應該也不想被她討厭吧。」

「最喜歡是怎麼回事啊……雖然她總是黏著我，感覺是個兄控啦……」

「我覺得你妹妹應該不是兄控哦，她只是擔心哥哥而已。嘴上這麼說的佑希反倒比較像是妹控哦。」

「咦咦！我想應該沒那回事吧……」

「佑希你會不喜歡你妹妹交男朋友嗎？」

「雖然不想去想像……會不喜歡吧。我會先找那傢伙來面試，判斷他適不適合當我妹的男朋友。」

「嗚哇……果然佑希你是妹控耶。你妹妹是當哥哥有了女朋友會為他感到開心並祝福的類型，所以不是兄控，只是因為喜歡哥哥才會擔心他而已哦。」

「是這樣嗎……」

「我想……我應該是個姊控哦。」

高井突然自爆。

「……妳為什麼會這麼想？」

「我姊姊從小不管做什麼都很優秀，善於與人交際還很可愛，受到眾人的喜愛。和我關係好的朋友，大家都被姊姊吸引而離開我身邊。不知不覺地，不論男女，想和姊姊打好關係的人都來接近我。當然我不討厭姊姊，我從小時候到現在都一樣陰沉，所以也是無可奈何的事……」

高井覺得自己比不上姊姊，所以似乎抱著自卑感。

「但是，現在並不會那樣對吧？」

「我和姊姊小學、初中、高中都念同間學校，但她和我相差三歲，所以初中和高中並沒有同時間在學，在學校沒受到姊姊什麼影響……姊姊上高中時會把朋友和男友帶回家裡，總是很吵鬧。我在姊姊房間隔壁有時會那個……聽到她和男友做愛的聲音，就算在家裡我也無法感到平靜，因此我才會去圖書室打發時間。」

——是嗎……高井會喜歡看書並成為圖書館的居民，背後原來有這種原因啊……

像這樣聽高井小時候的事情，可以看出她會喜歡看書是源自於逃避心理。為了追求安身之所，最終來到了圖書室。

「聽到這些事情應該也只會讓人困擾吧。」

「沒那回事哦。至今為止我都不知道有關高井的事，妳像這樣說給我聽之後，就會感覺與妳更加接近了，這讓我有點開心呢。」

「但是這不是有趣的話題對吧？只是一些對姊姊抱著自卑感的話題。」

「就算是這樣也是啊。這樣我就更了解高井的其中一面了。這樣就足夠了。雖然說我還是無法為高井妳做點什麼事啦……」

遠山將真心話原原本本地對高井訴說。

「……今天你把妹妹介紹給我，還能接觸到從未見過的佑希面貌，我也很開心。我想要更加地與你接觸，並了解你。」

高井用熱切的表情面對遠山，閉上了雙眼。遠山立刻明白她這是在向自己索吻。遠山想要回應她，於是把臉靠近高井的唇。

「高井……」

「哥哥！我泡好紅茶了哦！」

在他即將碰到高井的嘴唇時，菜希連門都沒敲，直接打開房門。

「菜、菜希？我記得有說過進入房間前要敲門吧！」

「啊～我該說聲抱歉呢……你們現在正打算要接吻嗎？我記得有說過禁止色色吧？」

看來剛好被她看見快要接吻的那一刻了。

「沒、沒那回事哦？對吧高井？」

「嗯、嗯……菜希學妹，我們什麼都沒做哦。」

「好吧……既然高井學姊都這麼說了……我就相信你吧。不過啊……你們兩個沒有在交往吧？明明如此，卻又散發出相當親密的氣氛呢。」

「大、大概是菜希妳多心了。」

和高井擁有超越友誼關係的這件事，似乎已經快要被菜希給識破了，但他還是打算繼續蒙混下去。

「算了，看來似乎有很多內情，那我就不再追問了。」

「要是能這樣那就幫了大忙了。」

「那麼，高井學姊妳也慢慢享用吧。」

菜希一邊曖昧地笑著，一邊離開了房間。如果她那麼為他們著想的話，遠山希望她能直接放著他們不管。

「果然，看來在我房間也沒辦法呢。」

「……是呢。」

雖然明白不能做到最後一步，但期待著至少能卿卿我我一番的兩人感到有些遺憾地苦笑著。

「你妹妹很在意哥哥的事呢。我收回剛剛說她不是兄控這句話，果然你妹妹應該是個兄控吧……呵呵。」

「真不知道我該不該高興呢。」

「你該高興吧？妹控的哥哥！」

高井打從心底感到開心地微笑著。

在遠山的房間度過一段時間的高井已經到了該回家的時間，兩人一起走向玄關，菜希卻已經等在那裡了。

「高井學姊，妳已經要回去了嗎？再過一會兒我媽就會回來了，妳也可以待到那時候哦？請妳吃完晚餐再走吧。」

「菜希，不要亂說話啦。高井回家還有事要做。」

「連晚飯都接受款待實在不好意思，我回家後也要準備晚飯，所以得回家了。」

「高井學姊妳會做晚飯嗎？」

「會，最近我姊姊也在家，我們是輪流做飯。」

「原來如此啊。下次我想吃吃看高井學姊做的料理。」

看來菜希在遠山收拾房間的短短時間內，就和高井打好關係了，會邀請她吃晚飯，說出想吃她的手作料理，似乎相當親近。

「菜希，妳好像和高井拉近關係了，但可別讓人家困擾哦。」

「咦～難道哥哥你不想嚐嚐看高井學姊的手藝嗎？」

「不，我是想吃啦……（但其實我吃過了。）」

「咦？哥哥你剛剛說什麼？」

遠山忍不住忘我地喃喃說出自己曾經吃過，依稀被她聽見了。

「什、什麼都沒說。菜希意見很多，但高井妳只要聽一半就行了。」

「等等，哥哥好過分！我要求你對可愛的妹妹溫柔一點。」

「高井，菜希總是這樣，妳真的不用太在意她，可以回家也沒關係的。」

菜希的言行舉止就和與遠山單獨兩人在一起時相同。有別人在時，她還會稍微偽裝一下，說不定她和高井已經要好到不需要偽裝自己了。菜希只會在上原與沖田面前這麼表現。

「你們兄妹真的感情很好呢……好羨慕……」

高井其實說不定也想和姊姊感情和睦，但因為過去發生的事以及抱著自卑感的關係，所以無法輕易地辦到吧。

「高井學姊！今天雖然沒辦法，下次請妳要留下來吃晚飯哦！」

「菜希學妹，今天謝謝妳了。」

「嗯，下次見！啊，下次開始請妳不用再叫我『學妹』了，也不用再說敬語了啦。」

「好，我知道了。菜希，我會再來玩哦。」

遠山說要送她到車站，但高井說太陽還沒下山沒關係的便婉拒了。

高井向兩人道別後，離開了遠山家。

「哥哥，高井學姊很可愛，人也很好呢。」

在玄關外頭目送高井離開之後，回到客廳的菜希說出她對高井的印象。

「是啊……」

「那麼……大奶──不對，上原學姊和高井學姊之間，你選誰？」

菜希單刀直入地問他高井和上原之間，他要選哪個。

「……我不知道。」

「啊？所以你兩個都喜歡？」

「嗯，說不定是那樣呢……」

「什麼？你那樣就比優柔寡斷還要差勁了啊。她們兩位個性都很好，都很可愛，所以選不出來，這我痛切地能夠體會……但再這樣下去，你就是腳踏兩條船的差勁男人了啦。」

他無法反駁菜希的意見。和高井之間有肉體關係，但和上原卻還是清白的，這還有救。但即使如此，將她們兩位放在天秤兩端衡量，毫無疑問地是最差勁的行為。

「我自知這樣很差勁……但選不出來就是選不出來啊。」

「剛剛哥哥你還想蒙混過去，但你們其實打算在房間裡面接吻對吧？你和高井學姊已經做過了對吧？」

在房間裡正打算要和高井親吻那件事，果然還是被她發現了。

「嗯，親吻的程度啦。」

「這、這樣啊……那你跟上原學姊呢？」

「沒有……和上原同學什麼都沒做──啊……這麼說起來，有被她親過臉頰。」

「嗯、嗯……很難判斷呢……如果用兩人同意之下才親吻的這件事來決定的話，那就該選高井學姊吧。」

「不是那麼簡單的問題哦。」

「是嗎？明明都已經接吻過了卻還不能決定，菜希不能理解啦！」

「等菜希再稍微長大一點，說不定妳也能理解的。」

「最後還是選不出來。感覺未來你也有可能會被兩個人都甩掉……」

「別說些不吉利的話嘛……」

「可是，優柔寡斷是你自己的錯吧？」

「妳說得也對啦……」

「我不是哥哥本人所以不清楚……為了不要後悔，你必須做出選擇哦。你不可能和兩個人同時交往的吧？」

這是世間一般人的常識，菜希所言甚是。但是遠山和高井、上原三個人之間，卻超脫了這個常識的框架，只不過三位當事人沒有這種自覺。

「啊啊，我知道……」

沒錯，不管局外人說了些什麼，最終能夠做出決斷的還是只有自己。

遠山從學校回家的路上到反省堂買完東西，出了書店正打算往車站走。

「哎呀？……是之前來過家裡，柚實的……遠山同學？」

來到車站前購物的伶奈，對著從大型建築物走出來的遠山搭話。

「咦？啊、是高井的姊姊？」

「啊，果然沒錯！呀呵～過得好嗎？自那以來，你就沒再來過家裡了，我還在擔心是不是我做錯了什麼呢？」

「嗯……就是比較多事情在忙……」

說是這麼說，其實只是在高井房間做的事情被伶奈知道了，變得不好過去那裡而已。

「啊！難道說你是在意那件事嗎？」

「那、那件事是指？」

「你看，就是在柚實的房間裡做——」

遠山不由得地可以察覺到伶奈想說什麼，不會吧，他沒想到她會那麼直接地打算說出口，因此慌慌張張地打斷她的話。

「嗚哇啊啊！等、等一下！姊姊，妳在大庭廣眾之下想說什麼？」

「這又不是什麼羞恥的事吧？年輕人難免都會這樣的！」

「不對……不是那個問題吧？」

「遠山同學相當容易害羞呢。」

「我想只要是普通人都會害羞哦，是姊姊妳太過特立獨行了。」

「啊！這麼說起來，我還沒問過遠山同學你的名字呢，是叫什麼呢？」

「妳又突然改變話題了呢！」

有種微妙的不合拍感，大概是因為遠山被對方的步調給帶著走了。

「謝謝你冷靜地吐槽我！那麼，你的名字叫做？」

「唉……叫做佑希。」

「遠山佑希同學。嗯，是個好名字呢。」

「不說那個了……姊姊妳和我才見過第二次面而已，距離感就已經抓得相當奇怪了耶。」

伶奈親密得不像才見過兩次面，為此遠山感到不知所措。

「會嗎？不過交情要是能早點打好比較好吧？把時間花在建立人際關係很浪費啊，因為合不來的人不管過多久就是合不來啊。關於這點，遠山同學和我似乎就滿合得來的，應該是因為你和柚實也合得來的關係吧。」

伶奈針對溝通所發表的理論，不知為何聽起來很有道理，真是不可思議。這也是因為遠山被對方的步調帶著走的關係吧。遠山有一種被伶奈牽著鼻子走的感覺。

「和姊姊合不合得來，我也不是很清楚……」

「不，你和我絕對合得來哦。姊姊在這方面從來沒有預測失準過！一定連身體的配合度都——」

「哇啊——！哇啊——！就說請妳說話要看場合啦！」

被伶奈投來特大炸彈，遠山完全無法理解她到底在想些什麼，陷入了混亂。

「真拿你沒辦法呢……那我們到安靜的地方聊聊吧？」

無視已經陷入驚慌的遠山，伶奈提議到其他地方說話。

「咦？接下來嗎？」

「對，我也想問你柚實的事……遠山你有空嗎？」

「還可以，晚飯前到家就行了。」

「那就這樣！我們到那間咖啡廳喝杯茶吧。」

就這樣高井的姊姊和遠山不知為何決定喝起了茶。

遠山和伶奈進入了反省堂對面的連鎖咖啡廳。

「姊姊請客，你點你想喝的吧！」

「那我就不客氣了……請給我熱咖啡。」
「咦？你可以點一些更豪華的咖啡啊，像是焦糖瑪奇朵或是星冰樂之類的。」
「不，我想喝黑咖啡，這樣就好。」
對於每件事反應都很誇張的伶奈，遠山決心要以直率的態度應對她。
「遠山同學，你年紀輕輕的卻很穩重耶。」
直率的態度似乎讓伶奈覺得他很穩重。
「說我年紀輕，也才和姊姊妳差三歲而已吧？」
「哎呀？我的年紀你是聽柚實說的嗎？」
「對，之前我們有機會稍微聊過。」
「那柚實是怎麼說我的？」
「姊姊想知道高井是怎麼想妳的嗎？」
這點對遠山來說倒是出乎意料，他一直以為伶奈不關心她妹妹。
「是啊……最近我常在家裡見到她，但那孩子卻很少跟我說話。」
回想從高井那邊聽來的姊姊的事情，可以知道她並不討厭伶奈。高井對伶奈感到自卑，應該就是她躲避姊姊的重要因素吧。
「這樣嗎……身為外人的我不能將高井說過的話擅自進行解釋並告訴妳，只有一件事……高井說過：『我說不定是個姊控。』剩下的請姊姊直接去問她本人。」

遠山身為外人，想要避開對別人的家務事說三道四這種行為。這終究是別人的事，所以也不能過度參與其中。但如果只是要創造一個契機，那遠山就稍微為高井的心情發個聲。

「是嗎……柚實是那樣想的嗎……遠山同學謝謝你。光是知道這點就足夠了哦。」

「只靠這點妳就明白了嗎？」

「對，因為我們是家人啊。」

「那就好。高井自己也有許多想法，請妳好好地珍惜她。」

「當然啦。我很喜歡柚實，會好好對待她的。」

「可是，這份心情並沒有傳達到她那邊哦？」

沒錯，要是有好好傳達給高井的話，她說不定就不會變成現在這樣了。然而，要是有傳達給她的話，她和遠山之間的緣分說不定也會消失，這麼一想他的心情就變得複雜起來。

「是啊……往後我會好好花時間將這份心情傳達給她的，也請遠山同學多幫忙啦。」

「我嗎？」

「柚實似乎對你敞開了心扉。」

「是這樣嗎？」

「是啊。若非如此，柚實不可能把自己的事情跟別人說的。」

「不過，實際上我不覺得我有辦法做得到什麼事哦。」

「你只要像現在這樣和柚實好好相處就夠了。」

「像現在這樣嗎……」

「哎呀？有什麼問題嗎？」

伶奈應該是把遠山當成高井的戀人了吧。然而實際上他們並不是戀人關係。所以如果以現在這樣的方式去對待她的話，並不是真的對高井好。

「沒有……」

「那麼，讓我聽聽柚實和遠山同學是怎麼開始戀愛的吧。是柚實先告白的嗎？還是遠山同學先的？」

「不……該怎麼說呢……那個……」

高井與遠山之間的關係，不管被問了什麼都很難回答。

「啊，是嗎！我懂，我懂啦！不知不覺感情變好之後，就順勢而為的感覺對吧？那麼，最開始是誰先提出邀約的呢？遠山同學？」

「呃、不……不是我……」

「是柚實約你的？我妹還真大膽耶～」

第一次做愛時，的確是高井先提出邀約，不完全是錯的。仔細一想，高井為何會在那個時間點向遠山提出邀約呢，到現在他都還不清楚。

「那個……姊姊，妳的個性相當開放耶。一般不是都會避開這個話題嗎？」

「咦咦？男女交往必定會伴隨做愛——」

「就說了！這裡是店裡頭哦？妳突然想說什麼啊？姊姊妳太開放了吧？」

「但是，身體的配合度很重要吧？」

「那、那點我明白啦……」

「你明白？那是拿誰來和柚實比較的？」

「咦？我沒辦法做比較……我、我……只知道……高井而已。」

「是嗎是嗎……那就好。接下來我也希望你能繼續保持哦。」

「好的……」

對姊姊而言，重要的妹妹被拿來與其他女性放在天秤上衡量孰輕孰重，想必她不希望會有這種狀況吧。所以遠山目前的情形已經和伶奈的期望背道而馳了。

「那麼……差不多也該回去了。抱歉把你留了這麼長的時間。」

「說得也是呢，差不多也快到我家的晚飯時間了。」

結完帳之後，使用不同交通工具回家的遠山和伶奈，出了店門口就要道別了。

「謝謝招待。」

「很好，下次再聊吧。」

「遠山？」

在道別完之後，正當兩人要前往各自利用的車站時，突然有人叫了遠山的姓氏。

「上原同學？還有相澤同學也在。」

回頭一看，站在那裡的是身穿制服的上原還有相澤。

遠山想起了上原和相澤說放學後要來買東西，有約過他，但想在書店慢慢逛的遠山拒絕了她們兩人的邀約。

上原和相澤似乎也是在買東西途中偶然遇到遠山。

「哎呀？遠山同學，那邊的兩位可愛女生是誰？」

「她們兩位都是我的同班同學，也是高井的朋友。」

「柚實的朋友！」

聽到是高井的朋友，伶奈的雙眼開心地閃耀著光輝。

「遠山……那位小姐是……？」

上原用似乎在擔心著什麼的表情向遠山問道。

「上原同學，這位是高井的姊姊哦。」

「我是高井柚實的姊姊，我叫伶奈。請多指教哦。」

「姊、姊姊？我、我姓上原，請多多指教。」

「上原同學，可以問妳的名字嗎？」

「啊，好的，我叫麻里花。」

「我是相澤美香。請多多指教。」

「麻里花和美香，請妳們叫我伶奈。」

「那個……伶奈姊姊妳為什麼會和遠山在一起呢……？」

上原似乎很在意伶奈和遠山到底是什麼關係。

「我和佑希啊……是剛認識的朋友！」

發現這件事的伶奈，故意用名字直呼遠山，像是要向上原炫耀般地挽住遠山的手臂。

「等、等一下，妳在做什麼啊？」

突然被伶奈挽住手臂，遠山無法掩飾內心的動搖。

「佑希，沒關係吧，以我們倆的交情，稍微挽個手不算什麼，對吧？」

「什麼『對吧？』啦？要是被誤會了該怎麼辦？」

「哎呀？你是怕被誰誤會啊？」

以開遠山玩笑為樂的伶奈，很明顯地可以看出她很在意上原。而從上原的樣子可以看出她很想知道伶奈與遠山到底是什麼樣的關係。

「姊、姊姊？妳不要貼得太過來！」

伶奈把自己能與上原的尺寸匹敵的胸部貼了過來，她挽住遠山的手，讓他無法躲開。

「等、等等啊遠山！被她的胸部貼著，你幹嘛露出一副色瞇瞇的樣子啦！伶奈姊姊妳也做得太過火了！」

明明拚命地想把伶奈拉開，但遠山在上原眼中看起來卻是很開心的樣子。

「哎呀哎呀，麻里花妳在吃醋嗎？真可愛呢。」
「我、我才沒有吃醋！」
「咦？這是什麼情形……等、等等啊你們，這樣很丟臉耶快點停下來！」
一個人被排除在外，一直旁觀著這個怪異情況的相澤，無法繼續忍受來自周遭人的好奇視線而試圖阻止。
「佑希，你好受歡迎耶～不愧是我寄予厚望的人啊。」
雖然不知道她是寄予什麼厚望，但伶奈似乎認定遠山是個有異性緣的人。
「姊姊妳惡作劇也該有個限度啊，真的。」
「麻里花很可愛，一時忍不住嘛，哦呵呵。」
因為這樣就不考慮時間地點和場合，以大學生來說實在無法令人苟同，遠山心想。
「請姊姊看看周遭吧，非常受到矚目哦？」
「也是啦，竟然一次聚集了三個這麼可愛的女孩子，那是當然的啦～」
三個美女圍住一個不起眼的男生，這種狀況實在太過顯眼，而引來注目。
「我不想受到更多的注目，我要回家了。」
感到厭煩的遠山打算揮開伶奈的手臂，但伶奈不肯放開，手臂施加更大的力量，緊貼住遠山。
「（柚實的情敵是麻里花吧？）」

在打算回家的遠山耳邊，伶奈小聲地喃喃說道。

——！

「佑希再見啦，今天很開心哦。麻里花和美香也再見啦。」

伶奈說了幾句道別的話，就從三人的眼前離開了。

雖然伶奈的行為只像在開玩笑，但她仔細地觀察了周遭人的情形，連上原的心思都被她看穿了。

「那就是高井的姊姊嗎？和身為妹妹的高井同學簡直完全相反耶。」

上原發出驚呼。

「那個人很可怕耶。看起來雖然是在開玩笑，但感覺她洞悉了一切。」

相澤冷靜地分析伶奈這個人。

伶奈的行動完全經過計算，擅長操控周遭人們的手段，遠山和相澤都忍不住覺得她的將來不堪設想。

「手挽手還能容忍，胸、胸部緊貼就太過分了！連遠山都很開心的樣子……」

其實伶奈的胸部觸感柔軟，遠山的確沒有反感。

「麻里花妳也常常挽住遠山的手，把胸部靠上去不是嗎？」

「那、那是因為遠山完全都不在意我啊……」

在學校做的肢體接觸，是要吸引遠山的注意，上原忍不住都招出來了。

「麻里花是這麼說的哦？」

對於上原的攻勢，相澤很想知道遠山是怎麼想的，於是她把話丟給遠山接。

「當然不是不在意啊……」

遠山只是努力地不去意識到而已，他當然不可能沒有任何感覺。像上原這麼可愛，個性又好的女孩子試圖引起自己的注意，不可能有男生沒有意識到吧。

「嗯……原來你有意識到啊……這樣的話……你對姊姊色瞇瞇的這件事就原諒你吧。」

「謝、謝謝……」

在外偷吃的遠山，獲得了女朋友的原諒，成了一幅這樣的構圖。

「遠山你也漸漸地被麻里花妻管嚴了呢。」

「呃……」

對相澤的指摘似乎有所自覺，遠山無法反駁。

「上原同學，在班上的同學們看得見的地方，如果妳能克制那種行為的話，就是幫了大忙了哦？」

「那在他們看不見的地方就可以做了嗎？」

遠山這番話似乎讓她誤解了什麼，上原解釋成如果是在學校外頭就可以肢體接觸也沒關係了。

「不……我當然不是那個意思……」

「可是，只要不被人家看到不就好了？」
「不是那樣，妳要是挽我的手挽得太久……那個……」
「那個？」
「麻里花，妳就體諒他一下吧？對男生來說那是很強烈的刺激哦。」
與她手挽手、被她的胸部緊貼，即使有過與高井的經驗，多少習慣了的遠山，有時也會產生奇怪的情緒。察覺這點的相澤替他說出口。
「啊、啊啊！遠、遠山是這樣嗎……？要、要是你產生那種情緒的話，你就跟我說……那個……好嗎？」
上原的雙頰染上緋紅，羞怯地低著頭，抬起眼盯著遠山看。
「上原同學……」
她那害羞的姿態讓遠山看得入迷，忘記相澤的存在，與上原進入了兩人世界。
「咳嗯咳嗯！喂～你們兩個？可以請你們不要在這種地方卿卿我我的好嗎？」
「啊……」
「相澤同學，對不起……」
相澤的這句話讓兩人回過神來，感到很難為情。
「唉……遠山，你要回家了吧？我們也要回去了，一起走到車站吧。」
「啊，已經這個時間了嗎……上原同學我們回去吧。」

「嗯，說得對，回去吧。」

氣氛變得莫名地害羞起來，今天就這樣結束，三人各自踏上了歸途。

放學後的圖書室已經過了關閉時間，遠山正在圖書室裡的隔間——司書室中整理老舊的書籍和資料。

「這一區的老舊書籍該怎麼處置呢？」

只要進了新書，舊書就會被替代，舊書會放在隔間保管。遠山正在那間保管舊書的司書室裡埋在書中進行作業。

正當他開始專心作業時，他聽見喀嚓一聲，於是將目光轉向門的方向，看見到剛剛為止都待在圖書室的女學生走進了房間。

「高井？我還以為妳已經回去了，妳有東西忘記拿了嗎？」

在圖書室一直留到最後一刻的高井，在回家前曾邀請他「一起回家吧」，但因為還有工作要做，遠山拒絕了她。

他以為高井應該就那樣回去了，但不知為何她又回來了。

「沒有，我想要幫佑希的忙。」

「咦？高井妳又不是圖書委員，連這個工作都請妳幫忙實在過意不去啊。」

「別在意，我只是想要幫忙而已。」
因為喜歡碰觸書本，最近她開始會來幫忙，以前倒是沒這樣過。是她的心境發生什麼變化了嗎？
「是嗎……那麼，能請妳幫忙嗎？」
「好！」
遠山一提出請求，高井臉上就浮現平常難得一見的笑容。
那個笑容讓遠山不知不覺心跳加速了起來。高井平常幾乎都是面無表情，她的笑容連遠山都沒看過幾次。
「那麼，我會唸出書名，可以請妳幫我確認有沒有在那張清單中嗎？」
「好，我明白了。」
開始整理書籍的遠山和高井，馬不停蹄地進行作業。兩個人來做的話，完成作業的速度會加倍。果然圖書委員需要兩個人呢，遠山心想。
「有高井妳來幫我，感覺可以早點做完，真的幫了大忙呢。」
「太好了。可以看到令人懷念的書名以及我不知道的書名，我很開心。」
雖然不是勉強她來幫忙，但多少還是覺得過意不去的遠山，聽到她這麼說之後，內心稍微輕鬆了些。
「你看，這本書好令人懷念。」

那是他第一次去高井的房間時，她借給他那本書的書名。

「啊，真的……這本書很受歡迎，幾乎都借不太到呢。」

高井手上拿著的書是當時很歡迎的書，總是借閱中。遠山有提出多買幾本的購書要求，宮本老師才幫忙多買了幾本。現在借閱需求已經平息下來，只有一本陳列在書架上，剩下的幾本則是分開保管。

「對，這本書是佑希和我產生連結的回憶書本……」

這麼說完，高井凝視著遠山。

「那個……為什麼那個時候，妳會邀我呢？」

要借書給他請他到家裡拿，高井提出了邀約。然後高井讓他進了她的房間。當然，當時的遠山只是打算借完書就回家而已。

『要做愛嗎？』

從高井口中說出的話，最初他以為是開玩笑，但不是。

然後兩人在那天第一次做了愛。

「那是——」

高井即將說出口的話語在途中打住了，那副樣子似乎是在猶豫著要說還是不說。

「不用勉強說也——」

「因為我很開心。」

高井讓自己的話和遠山的話音重疊了。

「很開心？」

「對，不管在教室還是在家裡，我每天都像空氣般地過日子，而佑希你看見了我。你以對待一個人的方式來對待我，讓我很開心。」

高井說的到底是什麼意思呢？遠山難以理解。在圖書室時她確實進入到遠山的視野中，也與她交談過。她的存在並不是什麼空氣，高井這個人確實存在。

「抱歉，我不太懂高井妳說的意思。」

「不懂也沒關係。不過，這對我來說是很重要的事。」

「是嗎……不過我知道高井妳每天都坐在圖書室的同一個座位，也知道妳喜歡什麼樣的書。所以……我的視野裡每天都會映照出高井妳的身影，妳並不是空氣。」

「佑希發現了宛如空氣般的我，讓我成為有形的存在。」

遠山的話語讓高井羞紅雙頰並低下頭，她那副模樣和遠山在圖書室第一次與高井交談時的身影重合了。

「被叫到高井的房間時我很緊張呢，不曉得該不該進去。」

「對，我有發現你當時進到女生的房間中，對我的存在感到很在意。我明白佑希你把我當成一個人、一位女性，有好好地看著我。然後……我想知道你是否需要我，所以就……」

「所以，高井妳當時明明是第一次，卻還是和我做了那種事嗎？」

「對，從那之後佑希你把我當成必要的人並且尋求著我，對吧？佑希你現在也需要我吧？想要嗎？只要你想要，不管什麼我都會為你做。」

高井和最初那時相同，自己解開了制服的蝴蝶領結。

「高井……」

從大大敞開的上衣可以窺見乳溝與內衣，遠山的理智開始崩解。

遠山因為從上衣間窺見的景象而一動也不動，高井將她的身體依偎過來。

大概是微微出汗的關係，遠山感覺到高井身上有種比平常更加女性化的美好氣味，他變得動彈不得。

——會演變成像那個時候一樣的發展……但這裡可是學校啊。

要是被發現在學校的圖書室中做這種行為，說不定不只停學這麼簡單就算了。雖然腦袋知道不可以，遠山的身體卻無法拒絕這件事。

「遠山同學在嗎？」

——！

圖書室的門傳來開啟的聲響，同時宮本老師呼喚遠山的聲音連兩人所在的司書室都聽得到。

要是門就這樣被打開的話，衣衫凌亂的高井就會被發現，想必沒有辯解的餘地。在宮本老師來到司書室以前，遠山自己走出了房間，反手把門關上。

「宮、宮本老師，辛苦您了。」

「遠山同學，整理完成了嗎？」

「還、還剩一點就完成了。」

「是嗎，已經很晚了，後續由我接手吧？」

「不、不用，與其花時間再把事情交接給宮本老師，不如直接做完，我會把最後也做完的。」

「是嗎……那就麻煩你好了。」

宮本老師有一瞬間露出煩惱的神情，最後還是決定交給遠山來做。

「好、好的！請交給我。」

「那麼，我還有剩下的工作要做，先回教職員室了。結束之後，不要忘記鎖上門再把鑰匙給我哦。」

「我明白了。」

宮本老師沒有連司書室都進行確認，就離開了圖書室。

「呼啊……」

遠山呼出一大口氣，當場虛脫地坐到地上。

——還、還以為會被發現……

遠山額頭冒著急汗，臉上浮現放鬆的表情。

——對了，得讓高井趕緊離開圖書室才行。

「高井，外面沒有人了，妳趁現在出——呃嗯？」

打開司書室的門，邊喊著高井邊進入的瞬間，遠山被突然抱上來的高井以唇堵住了嘴。

高井凌亂的制服沒有重新整理好，上衣的衣襟依然大敞。

「噗啊……佑希……真是心驚膽跳呢……」

在說不定會被發現的情況之下，高井移開唇瓣，面露恍惚之色。

「高、高井，現在不是做這種事的時機……」

「下次再繼續吧。」

高井整理好凌亂的衣服後，離開了圖書室。

——最近的高井到底是怎麼回事？

不只是主動，還打算不做避孕，在學校裡誘惑他，高井的行為在遠山看來就像是開始在走危險的高空繩索一樣。

如果她尋求遠山的理由是來自尊重需求的話，不得不說是有些扭曲了。

◇

午休時間，一如往常的成員帶著各自的便當聚集到了遠山的周遭。

「遠山，來，我帶了便當過來嘍。」

自從遠山稱讚過上原做的便當以來，每週有兩天她會帶來親手做的便當。

「總是請妳做便當給我雖然開心，但是我連材料費都沒付，總覺得很過意不去。」

好幾次都是免費地收到便當不免讓遠山感到愧疚，他說要付錢但遭到上原拒絕。

「沒關係的，這是讓我練習做料理，遠山你不用在意啦。」

雖然上原這麼說，其實為了遠山她還得早起做便當。

「就算妳這麼說……上原同學有什麼想要的東西嗎？不做點什麼回報，我總覺得無法心安理得……」

不斷地承蒙好意而感到過意不去的遠山，提出要做點什麼當作回報。

「嗯……我沒辦法立刻想出想要的東西耶……啊，對了！下次放假時你陪我去買東西吧，希望到時你能跟我一起挑選。」

「我、我知道了……如果妳覺得那樣就好……不過我手頭沒什麼錢，太貴的東西沒辦法哦。」

「遠山送我的東西不管是什麼我都會開心的。」

這麼說完，上原臉上綻開了如花笑顏。

「哦~兩位！午休時間在秀恩愛啊~」

「奧、奧山同學？才不是那樣……」

插入遠山兩人交談的是奧山。他的女朋友小嶋理繪也在一起。

奧山和小嶋時常像這樣加入遠山他們這一群，說話的次數最近也增加了。

「遠山，別害羞啦，能得到上原同學幫你親手做的便當，你還真幸福呢。雖然感覺會成為其他男生的嫉妒目標啦。話說回來，你現在也受到注目耶。」

「我其實不太想引人注目的……」

「遠山……你過來一下，我有話要問你。」

奧山為了不讓上原聽見，他搭著遠山的肩膀，半強制地把人拉到稍微有點距離的地方。

「那麼，你和上原同學進行得很順利吧？都進展到她都親手做便當給你了。」

「我和上原同學不是那種關係……感覺只是被她當成練習做料理的對象罷了。」

「怎麼可能啦。女生會幫男生做便當，當然是想藉此讓對方開心吧。」

「……」

遠山既然已經察覺到上原的心意，就無法否認奧山說的話，於是沉默以對。

另一邊的上原和小嶋也正重複著和遠山他們相似的對話。

「那麼，麻里花怎麼想呢？班上都開始認定妳和遠山是一對了哦？」

「咦咦？我和遠山在班上被想成那樣了嗎？我們沒有交往哦。」

「麻里花都這麼熱心地做便當了，遠山竟然還沒有被攻陷。」

「沒有攻陷啦……便當是我一廂情願做的……遠山應該覺得困擾吧？」

「到底是怎麼回事呢……那邊的兩個男生不知道在說什麼悄悄話，我去問一下他們在說什麼。」

「咦？不用特地去問他們也……」

「可是，翔太和遠山同學在說什麼，麻里花妳也很好奇吧？」

「也是啦……是滿在意的……」

「那麼，我去問一下哦。」

小嶋跑向正說著悄悄話的遠山和奧山兩人的身邊。

「你們兩個在說悄悄話？也讓我加入嘛。」

「現在我們在聊男生的話題，理繪不能加入。」

可能以為小嶋是故意來鬧的，奧山拒絕了她。

「但是，麻里花說她也想聽哦。」

上原想知道遠山對自己是怎麼樣的想法，小嶋幫她把真心話給說出來了。

「……上原同學好像說她想知道耶，遠山你是怎麼想的？」

「她想知道的是……什麼？」

「那還用說嗎，當然是遠山你對上原同學是怎麼想的？」

不知道遠山和上原、高井之間的複雜內情，奧山和小嶋不帶惡意，真心地想讓兩人進展順利吧，他們還特地花心思照顧他們。

「那個……」

「佑希，可以耽誤一下嗎？」

正當遠山難以回答時，高井突然插入三人之間的交談。

「高、高井？」

「奧山同學，小嶋同學，抱歉在你們談話中打擾了。」

「不、不會，沒關係的。」

奧山從高井身上感受到難以言喻的不開心氣氛。

「高、高井，什麼事？」

遠山原本在說上原的事，突然被高井一打岔後，他無法掩飾內心的動搖。

「放學後可以請你陪我去書店嗎？」

「書店？啊、好……我沒別的事，可以啊。」

「謝謝，那就放學後見。」

「啊，高井同學等等！」

說完事情之後便打算離去的高井被奧山給叫住。

「奧山同學，什麼事？」

「我們也可以一起去書店嗎？」

奧山不知為何說出他們兩人也要去。

「咦咦？翔太，這樣會打擾他們的。」

高井明明是向遠山個人提出邀約，奧山卻不知為何說出要一起去，小嶋不能理解。

「理繪，聽我的。」

奧山在小嶋的耳邊輕聲喃喃道。

「那高井同學覺得如何？」

「……你們一起來也沒關係，不過我只是去買書而已，應該不怎麼有趣哦。」

令人意外的是高井沒有拒絕奧山的請求。

「不，沒關係。我想知道高井同學都讀些什麼書。」

「……今天我要去買的是漫畫。」

「高井妳很難得看漫畫吧？」

在遠山的記憶中，高井房間的書架上並沒有漫畫。

「我得知最近讀的小說改編成漫畫，發行了單行本，所以想讀讀看。」

這麼說起來，最近高井在圖書室借閱的是輕小說和角色小說。遠山還覺得很難得呢，但她連漫畫都開始看了，這讓他難掩驚訝。

「啊，其實漫畫也很好啊，我也喜歡漫畫。啊，我可以也邀請上原同學他們嗎？」

「……隨你高興。」

大概是預料到他會邀約上原等人吧，高井回答時的態度冷淡。

「我知道了。抱歉說了強人所難的話。」
「我不在意，沒關係。」
不知道奧山是基於什麼目的而提議要一起去，但說完要說的話之後，高井便回到了自己的座位上。
「翔太，為什麼你會說出要一起去呢？」
小嶋覺得不可思議地詢問奧山。
「啊，遠山，抱歉，可以請你幫忙問上原同學他們放學後可以一起去嗎？」
奧山無視小嶋的提問，請求遠山去邀請上原他們。
「啊，好……我知道了。」
受到奧山請託的遠山，走向從遠處觀望著三人交談的上原等人的身邊。
「理繪，妳剛剛問我為什麼說出要一起去，因為我感覺高井同學很在意遠山和上原同學他們哦。」
「啊，確實高井同學之前也曾那樣過呢。」
「對，我感覺她是故意要插入我和遠山的交談呢。」
「高井同學喜歡遠山，所以當他在說上原同學的事時，讓她感到嫉妒了……你是這個意思嗎？」
「雖然我不知道她喜歡遠山到什麼程度，但我是這麼感覺的，所以我才想確認看看。」

「你說的確認要怎麼做？」

「如果真是這樣的話，我想我最好不要做多餘的事。在不知情之下，只給上原同學幫助的話，那高井同學就很可憐了，我們的努力也會無效，變成多管閒事，像是笨蛋一樣吧？」

不知事情原委就給予幫助，可能只會變成多管閒事，奧山是這麼想的。

「確實……不能只幫助其中一方呢。」

「這麼一來我們就只能從旁守護觀望了呢。」

奧山覺得不能只幫助其中一方，打算維持中立立場從旁守護。

「就算如此……麻里花和高井同學都很可愛，這樣的兩人都對遠山同學心懷好感，他還真受歡迎耶。」

「也是啦，因為他在騷擾事件中挺身守護上原同學，並將事件解決了啊，是個好人哦。」

「這不是輕易就能做到的事呢。在那種情況之下，竟然還能採取毅然決然的態度，我覺得需要勇氣。」

遠山在班會時的行動是雙面刃。就像小嶋說的，要是弄個不好就會招致反感，事態有可能會更惡化。

「高井同學她剪掉頭髮並拿掉眼鏡對吧？現在想起來，我覺得那是她因為在意遠山而做的形象改變哦。」

「啊……說不定是哦。高井同學突然變得會打扮，我還以為發生了什麼事呢，原來是這樣啊……」

「嗯，但這終究只是猜想而已啦。」

所以今天只要能一起去買東西的話，說不定能知道些什麼，奥山是這麼考量的。

「奧山同學，相澤同學和千尋有事不能去。」

當奧山和小嶋正在研究高井與遠山兩人時，遠山回來了。

「是嗎，理繪妳會去吧？」

「不行，我預約了美容院，今天去不了。」

「啊，是這樣嗎？我知道了……那我和遠山還有上原同學及高井同學四個人一起去嘍。」

「好，你確認看看哦。」

「我知道了。」

不愧是情侶，奧山和小嶋兩人通過簡單的三言兩語就能傳達心意。

「小嶋同學，要確認什麼？」

遠山不清楚她是指什麼，於是看向小嶋問道。

「呃、嗯……」

「理繪希望我幫她確認她想看的漫畫有沒有出新刊？對吧，理繪？」

代替說不出話來的小嶋，奧山臨機應變地回答道。
「沒、沒錯沒錯，我想看的漫畫什麼時候會出新刊呢～」
「是嗎，去書店剛好可以確認呢。」
看來遠山接受了這個說法。
「那麼，放學後請多關照啦。這麼說起來，遠山你今天沒有圖書委員的工作吧？」
「對，今天沒有問題。」
「好，那我就期待放學後啦。」
「翔太就麻煩你關照了。」
就這樣，遠山和奧山、上原、高井這種難得一見成員組合決定要去書店了。

◇

結束下午的課程後，遠山等四人前往車站前的反省堂。
「喔喔，再來看一次這間書店還是感覺很大間呢。」
當奧山為反省堂的巨大建築感到吃驚時，遠山等人將他拋在身後進入書店中，往漫畫販售區移動。
一到達販售區，眾人各自開始找尋自己想看的漫畫。

「高井，妳找到想看的漫畫了嗎？」
高井在書架前停下腳步，呆呆地看著排列其上的漫畫書，遠山向她搭話。
「有，我找到了，可是……」
「找到了，可是？」
「已經出版的集數太多，沒辦法全部都買。」
「全部總共有……十六集嗎。確實不是能夠一口氣買下來的數量呢。」
就算以一集七百日圓來計算，總金額也會超過一萬日幣。沒有在打工且身為高中生的高井很難拿得出這筆錢也很正常。
「只能一集一集地買齊了吧。」
「說得對呢……」
雖然高井很少有表情，但明顯地可以知道她很失落。
「啊！高井！要是妳想馬上就看的話，有個不需要太花錢就能看到的辦法。」
「該怎麼做？」
「只要去網咖看就行了哦。」
遠山忽然想到這個辦法，並告訴了她。
「網咖……我沒去過，是什麼樣的地方？」
「三小時大概七百日圓左右吧。飲料可以無限續杯，也可以當成咖啡廳來使用，我覺得很划算哦。」

他對沒去過網咖的高井扼要地說明道。

「高井同學，妳有找到妳要的漫畫了嗎？」

上原單手拿著漫畫的單行本，跑向了遠山和高井的身邊。她應該是打算要買下手上拿的漫畫吧。

「她找到了，可是太多集所以沒辦法全部都買。」

遠山用手指向陳列在書架上的漫畫書。

「啊啊……有那麼多集的話，會是筆大金額呢。」

看見遠山指著的漫畫書，上原一副能夠了解的樣子。

「所以我才跟她說，在網咖看的話可以便宜地解決。」

「啊！是之前我和遠山一起去過的地方吧。」

「妳和佑希一起……？」

對上原說的「一起」起了反應，高井眉頭顫動了一下。

「對，之前和遠山看了《鬼討之劍》電影之後去的。既寬廣又整潔，包厢也很棒哦。」

「包厢……佑希，我也想去看看。」

高井之所以會對網咖表現興趣，是為了對抗上原吧。便當的事也是，只要和遠山有關連，高井就會表現出像是要對抗上原般的反應。

「好耶！遠山我們去吧！」
上原也對去網咖這件事興致勃勃。
「高井妳接下來沒事嗎？」
「對，沒事。」
高井面無表情地回答道。
「我也沒事……奧山同學不知道怎麼樣？」
「我去問問他。」
為了尋找奧山，上原離開了兩人的身邊。
「……高井妳最近有些變了呢。之前妳不看漫畫的，我也沒有想過妳會說想去網咖。」
「……我只是想要更加拓展視野才借了幾集來看，我深刻明白到原來是還沒讀過就先討厭了。所以……我才想要多看些不同類別的書。」
大概是心境上有了變化，高井才會想要慢慢改變自己也說不定。
「是嗎，要是高井妳願意看各種類別的書的話，我的推薦也有了價值，非常歡迎哦。」
「好，往後也請佑希推薦我看更多書。」
「我知道了。」
對象是輕小說和角色小說以及漫畫時，也算是我的擅長領域，我能夠推薦的選項增加了。

「遠山，聽說要去網咖嗎？我也有興趣想一起去看看。」

被上原帶過來的奧山和遠山一行人聚在一起了。

「我知道地點，那就快點過去吧。」

「遠山，稍等一下。這套漫畫網咖有嗎？有的話我就不用買了。」

「我查查看哦。順便連高井想看的漫畫都搜尋看有沒有。」

遠山拿出手機，點進了網咖的官網開始搜尋。

「嗯……兩套都有呢。」

「太好啦！那我把這本放回書架哦。」

上原將原本預定要買的漫畫放回去之後，遠山一行四人前往網咖。

離開大樓電梯進入網咖後，奧山開口第一句話就是發出讚嘆。

「喔喔，好寬敞啊。」

「比我想像的還要寬敞整潔。」

高井似乎也很驚訝。以前帶上原來這間店時，她也說過和奧山與高井兩人相同的感想。

「這裡的開放咖啡廳區域可以自由移動，慢慢享受。」

一般的網咖給人都是包廂的印象，這間網咖則設有自由移動區。

「也有情侶包廂耶，像電影院那樣。」

邊看著貼在牆上的價位表，奧山喃喃說道。

「啊，這裡的情侶包廂，我和遠山看完電影後，有兩個人一起使用過哦！」

「上、上原同學！」

上原不小心洩漏出兩個人曾經一起使用過，讓遠山感到心慌。當然他們沒在包廂做出什麼內心有愧的事，但在高井面前說出來就莫名尷尬。

「遠山，你們兩個一起用過包廂嗎？在包廂裡你應該沒有對上原同學做什麼奇怪的事吧？」

「我、我才不會做那種事！」

「對、對啊！遠山都沒有對我做什麼！」

對著內心動搖的遠山，上原說出了耐人尋味的話。

「開、開玩笑的啦。我下次也和理繪一起使用看看好了。」

奧山有一瞬間看向高井，偷看她的反應。

高井雖然沒有說話，但遠山可以看出她的表情很複雜。

「今天只是來看漫畫而已，不需要用到電腦，在開放咖啡廳區就好了吧？」

「電腦在家裡用是免費的，為什麼要特地花錢來網咖呢？」

奧山似乎覺得難以理解。

「也有人家裡沒有電腦，網咖的電腦是電競用電腦，性能優越適合玩遊戲。所以家裡電腦性能不夠，沒辦法玩想玩的遊戲的人，就會到這種地方來。」

奧山和上原、高井對次文化並不了解，會感到疑惑也很正常。

「啊，原來是那樣啊。和遠山在一塊能學到很多呢。」

「沒錯沒錯，遠山你知道很多事情耶。我也從你身上學到相當令人開心的事情。」

上原似乎很開心，帶著有點引以為傲的感覺這麼說道。

「我、我覺得沒那回事……」

——我有教上原同學那麼多事情嗎？我覺得頂多只有幫忙製造看輕小說的契機而已。

上原光是和遠山交談，無關內容就是會感到開心。遠山還沒有理解到這一點。

「遠山你也不用謙虛了，坦然接受吧。」

遠山想起過度的謙虛反而失禮這句話。

「奧山同學……你說得對。」

「佑希，得快點選位了。」

在櫃檯前忙著聊天，遠山等人身後已經有其他客人開始排隊，高井催促他趕緊選位。

「很、很抱歉。」

遠山等人對著其他等候中的客人低頭道歉，迅速地完成選位。

「想看什麼漫畫放在哪裡，可以用這台電腦查詢。高井妳的漫畫不用查我也知道位置，一起去吧。」

遠山教會上原如何用電腦搜尋後，與高井兩人離開了上原身邊。

另一邊，奧山在飲料吧前雙眼熠熠生輝，將各種飲料倒進杯中。

「嗯……我記得應該是在這邊……」

遠山憑藉記憶在以出版社順序來陳列的書架間搜尋著目標漫畫。

「啊，高井，在這裡！」

他不費力地就找到了目標漫畫。

「那妳要把全部集數都帶過去嗎？不過我想就算全部帶走也沒辦法在時間內看完哦。」

沒有被租走，全套漫畫都在架上實屬僥倖。

「高井？」

高井對遠山的提問沒有反應，卻突然將身子依偎上來。

「我說佑希……你和上原同學在包廂裡真的什麼都沒做嗎？」

幸好遠山他們所在的書架通道沒有其他人在。話雖如此，在不知道什麼時候會有人來的情況下，高井靠近得連自己的胸部都貼到了遠山身上。

「真、真的什麼都沒做哦。」

「照剛剛聽到的，你和上原同學去看電影那天來過這裡。之後，來見我的佑希比平常更激烈地尋求我……是發生什麼事了嗎？」

高井不考慮地點直接問出了敏感的問題。要是被誰聽見了，肯定會懷疑兩人的關係吧。
「高、高井，在這裡那種話就——」
「遠山、高井同學，你們找到漫畫了嗎？我找到我要的了。」
——！
上原一邊呼喚兩人，一邊從通道入口探出臉來。
「啊、有哦，找到了。上原同學妳先回去座位吧。」
遠山慌張地遠離高井的身體。
「好，我知道了。」
大概是因為通道狹窄，即使他與高井稍微有些貼近也不會不自然，上原看起來沒有懷疑。
「呼……」
高井不考慮場所就逼近過來，他感覺最近捏了一把冷汗的次數變多了。
「佑希，下次我想使用看看情侶包廂。反正我想今天我也看不完這套漫畫。」
「說、說得也是呢。下次我們兩個一起來吧。」
「好，我會期待的。」
高井的雙眼凝視著遠山，宛如懇求般令他無法拒絕。但是即使設有監視器，遠山也無法不期待在密室中與高井兩人獨處。

最後在網咖停留了大約三小時，高井還沒把漫畫全部看完，就到了回家時間了。

「使用三小時七百日圓，還可以無限暢飲，很便宜呢。下次我找理繪一起來，那傢伙很喜歡這樣的地方哦。」

「真的很便宜呢。和遠山使用包廂時雖然價格稍微有貴了一點，但其實也可以當成咖啡廳使用，下次我再帶美香來。」

奧山和小嶋這對情侶感情好在班上是出了名的，從奧山的態度看得出他很珍惜小嶋。

「高井同學最後沒能全部看完呢。」

奧山向高井搭話。

「對，不過沒關係，下次佑希會再帶我過來的。」

「說、說得對呢。」

高井雖然面對著奧山，視線卻是看著上原肯定地說道。

從奧山的角度感覺到高井很在意上原，她是故意說出要讓遠山再帶她來的吧。

「那就回家吧。」

奧山一按下電梯按鍵電梯門就開了，四人搭上沒有其他人的電梯。

「遠山，下次我們兩個人再來吧，當然也是使用情侶包廂哦。」

奧山和高井在電梯到達樓層時先走了出去，當遠山也正要走出去時，他身後的上原在他耳邊小聲地這麼說道。

「說、說得對呢。」
當高井和奧山就在附近時，他也只能回出這樣的話。
「今天能和高井同學說話，我很開心哦。抱歉我硬是跟過來了。」
「不會，沒那回事，我也很開心哦。奧山同學，學校再見了。」
「遠山再見啦，下次放學後再一起玩吧。」
上原則是和遠山道別。
「上原同學和高井妳們都路上小心哦。」
「那麼遠山和我是一起的，上原同學再見啦。」
遠山和奧山是相同的交通工具，但高井和上原有各自的回家方式，於是就在車站前結束這次聚會，各自走上歸途。
交通工具和回家方向都一樣的遠山及奧山兩人沉默地在月台等候電車的到來。
「我說遠山啊。」
「奧山同學，什麼事？」
奧山用認真的表情對遠山開口。
「高井同學她……果然對遠山你有意思吧？」
「咦！奧、奧山同學你在說什麼……」

奧山突如其來的直球詢問讓遠山無法掩飾內心動搖。

「今天我觀察了高井同學，可以看出她對上原同學懷有敵對意識哦。」

「那、那個是……」

高井和上原都不曾直接對遠山說出喜歡他或是想要和他交往之類的話，所以遠山沒有回答這個問題的資格。他頂多只能從言行舉止中推測猜想。

「看來你似乎不是沒有察覺呢。」

由遠山沒有否認並保持沉默看來，奧山才做出這個推斷。

「現在你們三個人之間是什麼情況我雖然不清楚，但我覺得再這樣下去班上最後還是會人盡皆知的。」

「上原同學沒有打算隱藏對遠山你的好感，高井最近也因為遠山你和上原同學走得近而前來阻撓。我覺得照這個情勢下去，被大家發現也只是時間的問題而已。」

「來自其他學生的羨慕嫉妒恨，有可能又會把你們捲進麻煩中，要小心哦。」

不覺得遠山會回答的奧山，一個人持續說道。

「嗯，奧山同學謝謝你，我會小心的。」

「好，我不知道事情原委，只能從旁守望，你要是感到困擾時就找我商量吧。我和你約定會保守祕密。」

「這件事……即使對人說也無濟於事，還是得靠我們自己解決問題才行，我就心領了。」

「是嗎……」

在這之後，直到遠山先到站，在離開電車前道了個別，其他時間兩人都一直保持沉默。

◇

午休時的圖書室中，來還書的學生逐漸變少，當遠山稍微能歇一口氣時，坐在座位上的女學生跑近櫃檯。

「佑希，今天放學後你有空嗎？」

高井伺機等著圖書室沒有其他學生的時機，向櫃檯的遠山問道。

「今天？沒什麼事啊。」

「是嗎……我想繼續看之前的漫畫後續，你可以陪我到網咖嗎？一個人的話，我覺得很不安……」

因為想繼續看前幾天沒看完的漫畫後續，高井前來請求希望他陪她去。

最近的高井和以前相比已有所改變。

直到不久前，遠山只會在學校或高井的房間與她見面。但是和上原等人交情變好之後，一起外出的機會增加了。遠山覺得這是個好的傾向，也為她感到開心。

「……我知道了，放學後我陪妳去吧。」
對高井行動變得積極這件事遠山沒有異議，所以他沒有「拒絕」這個選項。
「真的？謝謝你……錢由我來付。」
「不，不用了。我也有想看的漫畫。」
「但是……」
「妳可以不用那麼在意哦，我自己也想和高井再一起去一次。」
「嗯……我也一直很想和佑希一起去。」
遠山這一句話讓感到過意不去的高井表情明朗起來。
這正是遠山的目的，所以他的心情也跟著開心了起來。
「期待放學後。」
「我知道了。」
高井踏著輕快的步伐離開了圖書室，應該是相當開心吧。
「遠山！現在你應該有空……吧？」
「上原同學，有什麼事嗎？」
和高井輪替，上原進入了圖書室。
「對，我在想今天能不能一起回去呢？」
上原前來是為了邀約遠山，但可惜他已經和高井約好了。

「抱歉，我今天和人先約好了。」

「這樣啊……可惜……先約好的是高井同學嗎？」

感到很可惜的上原識破了先約好的人是高井，讓遠山有些罪惡感。

「是、是啊……」

雖然疑惑她怎麼會知道，但遠山的交流範圍狹窄，可以選擇的對象並不是那麼多。

「那你和高井同學要去哪裡呢？」

「她說想看之前沒看完的漫畫後續，要去網咖。」

即使說謊也會被拆穿，遠山老實託出。

「這樣啊……要是高井同學和遠山兩個人單獨使用包廂的話……我不喜歡耶……」

說不定上原是想像了遠山和高井一起在包廂裡的情景吧。她究竟做了什麼樣的想像遠山無從得知。

「啊，抱歉！那種事是遠山你的自由吧……你玩得開心點吧！」

這麼說完，上原自顧自地中斷對話，快步走出了圖書室。

「唉……我……好狡猾啊。」

她們兩位都明顯地對自己抱持好感，持續受到這樣對待的遠山感到不知所措。然後，他也不知道該怎麼做才好，對只能被情勢牽著鼻子走的自己感到厭煩。

放學後，兩人到達網咖，排隊等待到櫃檯點單。

「佑希，今天我想使用情侶包廂。」

高井輕聲在遠山耳邊說道。

「嗯、好……就這麼辦吧。」

上原在圖書室說的話掠過腦海，但他也不能拒絕高井的請求。要是拒絕的話會傷害到高井，雖然他這麼對自己喊話來試圖正當化這個行為，但他是真心想與她一起待在包廂裡。

在櫃檯點單時和上原來的那時一樣選擇了平底座位，並進入了房間。

「哇啊……真的是包廂耶……」

高井和上原有相同的反應。

「但是天花板是開放的，也有設監視器哦。」

最近高井有不看地點就失控的傾向，遠山繞著圈子先跟她把話說在前頭。

「嗯，可是這種程度的話也還好吧……」

「高、高井……我剛剛說的妳有在聽嗎？」

一進到房間裡，高井就靠到了坐在無扶手沙發上的遠山身上。

「嗯，有在聽哦。」

「那……」

遠山的真心也是渴望這樣，所以他沒有強硬拒絕。

——算了也罷……接個吻應該沒問題吧。

此時此刻遠山被氣氛帶著走，編排著藉口把自身的行為正當化。

「我說佑希……想做嗎？」

以宛如在誘惑般的甜美聲音，高井在他耳邊喃喃問道。

「做、做什麼？」

遠山明白她的話中之意，但為了不再繼續被牽著走而假裝不知道。

「我想做哦……」

——！

高井毫不猶豫地把手伸進遠山制服的褲子中，看起來完全進入了狀態。

「高、高井不行啊！」

遠山抓住伸到他下半身來的高井的手，阻止了她。

在這邊做愛的風險太高了。再怎麼被牽著鼻子走，遠山依然殘留著些許理智。

從高井的身體離開的遠山移動到已經啟動的電腦前，開始檢索些什麼。

「高井，妳看看這個。」

遠山將手指向電腦螢幕，催促高井來看。

遠山檢索的是被發布在知識分享網頁中的，在網咖或ＫＴＶ包廂中進行過性行為的經驗談。

「……」

高井操作滑鼠，默默地開始看起提問與回答。

安靜的包廂中只響起喀查喀查的滑鼠點擊聲，高井認真且安靜地繼續閱讀著那些內容。

「……佑希，請原諒我沒有經過思考就貿然行動。」

「嗯，妳懂了就好。」

他讓高井看的是在網咖或ＫＴＶ包廂中發生性行為之後，高中生情侶遭到櫃台以內線電話或在回家前對他們進行勸導的經驗談。其中也有光是親吻或擁抱就被勸導的案例。

「為了不造成學校和家長的困擾，必須注意一點才行。」

「好，我知道了……」

高井一直藉由被遠山抱來滿足自尊需求。然而高井家裡因為她姊姊回來了所以在房間做愛變得困難，讓她感到不安。

與遠山成為炮友的原因和剛自覺到的戀愛感情完全重合，讓高井的情緒不安定，才導致了她最近的失控吧。

「我去找漫畫。」

高井大概是冷靜下來了，為了拿漫畫而離開了房間。

「呼……還好總算讓她明白了。要是事情鬧大了被通報的話，一切就完了啊……」

不能壓抑慾望貿然往前衝的話，等待著的只有毀滅一途。要是高井沒辦法理性做判斷的話，那就得由自己來阻止。與高井跨越界線的遠山有自覺無法逃避這個責任。

最後在停留了三個小時過後，遠山和高井退掉了網咖包廂，兩人手牽手地走向車站。現在這一刻，高井的心靈支柱就只有遠山一人，他沒有「拒絕牽手」這個選項。

「我們不能進去那個地方嗎？」

高井把手指向繁華街道霓虹燈的一個角落。

「穿著制服進不去愛情旅館，而且我也沒有那麼多錢呢……」

「是嗎……」

在網咖讓高井看了些經驗談之後，雖然她稍微能夠理解了，但是看來還沒有放棄。

「而且基本上……未滿十八歲不能使用愛情旅館哦。」

「原來是這樣啊。」

「對，法律條例之類的好像有規定。」

「那麼穿便服的話就不會被發現了吧？」

「誰知道呢？根據剛剛的知識分享留言來看，要是看起來未滿十八歲，好像就會被要求查驗身分證件，應該很困難吧。」

高中生能夠做愛的地點受到諸多限制。一個人住的高中生這種事只能在輕小說中看見。

現實中通常是趁著家人不在時，偷偷在家裡做吧。

高井和遠山那天都在欲求不滿的狀態下，各自踏上了回家的路。

我變得每天都會在上學路上等待遠山。冷靜思考的話，我有自覺自己的行徑就像跟蹤狂一樣。

今天我也估算著遠山會經過的時間，稍微早點過來在超商消磨時間。只要從雜誌區監看著窗戶外面，就能知道遠山來了沒。

「來了！」

我迅速地從超商飛奔而出，跑向遠山。

「遠山，早安！」

我從遠山的背後向他打招呼，表現得像是從後面追上來般。我覺得我這種行為應該有點噁心吧？

「上原同學，早安。」

「咦？菜希呢？」

總是和遠山形影不離的菜希今天不在。

「啊，菜希說她要先到學校做事，所以先走了哦。」

「這樣啊？不能見到她真可惜。遠山你不能跟她一起上學應該也很寂寞吧？」

雖然我嘴上這麼說，其實可以兩個人單獨一起上學讓我好開心。菜希抱歉啦。

「不會不會，今天不用被她各種干擾，能夠慢慢來真是太好了。」

「菜希有那麼干擾你嗎？」

「我在房間裡睡覺時，她會擅自進來叫我起床，而且都不出去，管東管西的。」

「我想菜希應該是想要哥哥跟她玩吧？」

「嗯……是這樣嗎？」

「對，說不定她還沒辦法離開哥哥獨立呢。這麼說起來，遠山你也是還沒從妹妹獨立吧？」

「妳可別開這種玩笑啊。」

遠山雖然這麼說，但我感覺他對「還沒從妹妹獨立」這個詞沒有反感。

「好吧，那我就先當成那樣吧。」

「上原同學妳那種說法，總覺得令人在意呢。」

「男子漢不要在意這種小事！」

「好吧好吧。」

遠山看起來似乎沒有理解，以初中高中的年紀來說，我覺得實際上那麼要好的兄妹相當少見。我也有個哥哥，在與他們差不多年紀時，彼此是不太說話的。

「啊，對了！遠山，你下個週日有空嗎？方便的話我想請你陪我去買東西耶。」

最近受到高井同學的影響，我一直猶豫著要不要約遠山，以當成便當的謝禮為由，我試著邀遠山去約會。

「是沒什麼安排啦……」

「那就說定了。你還記得你之前說過要給我便當的謝禮嗎？那我下次休假時跟你要哦。」

「我、我知道了。」

「好，集合時間和地點我之後再發訊息給你。」

「了解。」

——太好啦！

這是自從看《鬼討之劍》以來的兩人單獨約會，讓我的內心雀躍不已。

我知道遠山無法拒絕，利用了這點雖然有點過意不去，但我已經決定不要客氣，這種程度的事情不需要在意，我對自己這麼說。

◆

約會當天，我穿上為了這天才剛買的洋裝，在集合地點等著遠山。

買這套衣服的時候，一起幫我挑選的美香說：『為了約會特地買衣服，妳真是用心耶』，但因為能穿著便服見到遠山的機會很少，我就忍不住花了心思。不過，我選的是休閒風格的衣服，應該看不出我花了很多心思。要是能被他誇獎該有多好啊。

「上原同學，抱歉妳等很久了嗎？」

在我到達不久之後，遠山也在集合地點現身。

「不會，集合時間也還沒到，我才剛來而已沒關係的。」

「是嗎，太好了。」

「遠山，你那件衣服是我們之前一起在FU-GU挑選的吧。」

「這是我最像樣的衣服了……自己挑也不知道該挑哪件好，從那之後我也沒再買過衣服了。」

雖然遠山對自己沒有很多衣服這件事似乎感到羞恥，但是他願意穿著和我一起挑選的衣服來約會，讓我很開心。

「那麼，今天要不要再一起挑衣服呢？我會再幫你搭配的。」

「嗯……如果可以我也希望這麼辦，不過我現在沒什麼錢……所以今天我應該沒辦法買自己的東西。」

「是嗎……不過光是看看也很開心的，去看看吧？試穿是免費的。」

「但是上原同學妳有東西要買，還是以妳為優先比較好。」

「我覺得幫遠山搭配衣服很開心，而且我也想挑選自己的衣服呢……」

就算不買東西，只要能跟遠山在一起我就很開心了。所以我打從心底覺得這樣就足夠了。

「呃、嗯……妳說得對。不過我也不知道幫不幫得上忙。」

「你只要對我說適合或不適合就夠了哦。」

我希望遠山能夠發現，我只是想聽他對我說適合我或是很可愛之類的話而已。

「那麼……那個……今天怎麼樣呢……？」

我想聽他對這套特地買的衣服的感想，於是我試著向遠山暗示地展現自己。

「啊、是啊！呃、嗯，鴨舌帽很適合妳，那件牛仔裙……該怎麼說呢？非常棒哦！」

「這件裙子叫做吊帶單寧裙哦。遠山你對這種辣妹風穿搭有什麼看法？」

今天我的衣服搭配是單寧材質、長度到膝上的吊帶裙，配上七分袖的白色T恤，及刺繡圖案的白色鴨舌帽，我稍微嘗試了這種辣妹風穿搭。

「雖然我對那種辣妹風穿搭不是很了解……但我覺得非常適合上原同學。」

「太好了！被遠山給誇獎了！」

「只是……這麼樸素的我和上原同學站在一起，總覺得屬性差異太大……」

上次約會時也是，遠山看起來似乎對自己的樸素感到很在意，不過我覺得應該是他的自我評價較低。

「遠山你也很適合穿那套衣服啊，你可以更有自信一點哦。」

但是要是擁有自信變得太帥氣的話，遠山說不定就會變得更受歡迎，那樣的話我會困擾的，所以我覺得遠山還是保持現在這樣就好。

「嗯、好，我會盡量那樣做的。」

「那麼，差不多該走了吧？」

因為集合地點是在車站前，我們朝目的地購物中心走去。

到達購物中心之後，我們享受著只逛不買的樂趣。就算沒錢不能買衣服，試穿起來品評一番也可以非常開心。

話雖如此，這種事還是要看對象是誰，當然也有人無法樂在其中。我只要和遠山在一起，不管做什麼都開心。

「買東西也可以不花錢就很開心呢。遠山你開心嗎？」

所以我想知道遠山跟我在一起開不開心，豁出去試著問道。

「當然。能聽見上原同學分享時尚知識，我很開心哦。」

「真的嗎？你這麼說讓我好開心啊。我聽遠山你分享漫畫的事情時也很開心哦。當我知道許多自己原本不懂的事情時，就會覺得原來如此啊。」

「我說的全都是次文化的宅宅話題啦。」

遠山感到有些羞恥。

「聊到相同興趣的話題時固然很開心，但是互相分享彼此不知道的事情，更能加深對彼此的認識呢。」

我知道了遠山的興趣和私生活之後就更喜歡他了。我認為努力了解對方是很重要的。

「這麼說起來，上原同學妳今天還沒買到東西耶，沒關係嗎？」

「啊、對……沒關係。我不是為了什麼特別想要的東西而來的。」

說要買東西希望他陪我，只是我想與遠山約會的藉口，我並沒有什麼特別想要的東西。

「原來如此啊。那麼，接下來我們去買要送給上原同學當謝禮的禮物吧。」

「這麼說起來好像有說過這件事呢。不過在那之前……我走得有點累了，到哪裡休息一下吧？」

關於謝禮我沒有特別事先想好。遠山剛剛也說他沒有錢，所以提出要求感覺也很過意不去，我打算蒙混過去。

「那麼，我們去那邊的咖啡廳坐坐吧。」

遠山用手指著附近並排著的餐飲店面的一個角落。

「好啊……或者去便宜的速食店也行吧？」

「那麼，剛剛我在對面有看到速食店，去那邊好嗎？」

「好。」

決定好要去哪間店休息之後，我們朝著速食店邁出步伐。

「遠山同學！」

突然間，呼喚遠山姓氏的女性聲音從前方傳進我的耳朵。

「姊、姊姊？」

高井同學的姊姊伶奈面露開心的笑容跑了過來。

「伶奈姊姊，妳好。」

「哎呀，麻里花也在一塊嗎？今天是那個嗎，約會？」

伶奈姊姊像是在說著目擊到有趣的現場般，臉上浮現揶揄的笑容。

「呃、呃……今天是上原同學要買東西——」

「是約會！」

我見遠山好像要說這不是約會，有點怒上心頭，蓋過他的說話聲強調。

「哎呀，麻里花說是約會呢。」

「……是、是的。是約會……」

「真是青春呢。遠山同學能和這麼可愛的女孩約會真令人羨慕！也可以讓我加入嗎？」

「等、等等，伶奈姊姊！」

「我開玩笑的。我才不會做出打擾人家約會這種不識趣的行為，放心啦。對吧，麻里花？」

——這個人，絕對是故意的……她知道我喜歡遠山，以調侃我為樂。

「那、那姊姊妳為什麼會在這裡？」

對這個狀況感到困惑的遠山轉移了話題。

「反正要說，不如到那裡邊喝茶邊說吧？」

明明說過不會打擾，伶奈姊姊卻提出喝茶的邀請。

「我們想著接下來要去那裡的速食店休息。」

「那麼真是剛剛好呢。就到那裡一起喝茶吧，由我來請客。」

——遠山！為什麼你不說你有事來拒絕她啦？伶奈姊姊這不是趁虛而入了嗎！

難得有機會兩人單獨約會，遠山卻這麼不精明，讓我覺得有些怨恨。

「伶奈姊姊，讓妳請客真是不好意思。」

「麻里花，妳不用客氣，交給姊姊吧！妳看，遠山同學也要去哦。」

結果敗給了伶奈姊姊的強勢，我們變成要一起喝茶了。

進入距離最近的咖啡廳，我們三人結束了點單。

「今天啊，我是因為工作來到購物中心的。」

等大家點的飲料都到齊了，伶奈姊姊開始說道。

「工作嗎……？伶奈姊姊是大學生對吧？」

一說到工作我就聯想到社會人士。

伶奈姊姊的容貌很成熟，她身上散發著就算說她是社會人士也不會難以置信的氣場。

「對啊。像是打工那種工作吧？今天要在會場中舉辦活動，我擔任促銷工作人員。由於我是模特兒，有所屬的經紀公司，所以也會擔任展場的接待工作哦。」

「啊，原來如此……姊姊是美女，當模特兒也不足為奇。」

「遠山同學你真會講話呢。你也是像這樣對麻里花說情話的嗎？」

「不、不是的！我看起來是那種人嗎？」

「雖然第一眼看來不像，但從外表是看不出來的吧？麻里花，對吧？」

伶奈姊姊將話題拋給我。

「的確是這樣呢……我覺得人不能看外表。不過，伶奈姊姊妳是表裡如一的人。」

「哎呀？在麻里花的眼中我是怎樣的人呢？」

「伶奈姊姊妳……個性開朗，富有社交性，工作能力強，朋友也很多……似乎擁有很多經驗。」

經驗指的可以是社會經驗，話說得含糊，但我意指包含戀愛經驗。

「麻里花妳說的這幾點，我也有所自覺，應該就像妳說的一樣呢。不過，麻里花妳也是表裡如一的人呢。」

「在伶奈姊姊的眼中我是怎樣的人呢？」

「個性開朗，朋友很多，對人溫柔，還有很專情吧？」
最後的專情這點是從外表可以看得出來的嗎？
「而且，妳超可愛的！麻里花妳很適合那套辣妹穿搭。我不適合穿這類型的衣服，真羨慕妳。」
「是、是這樣嗎？被伶奈姊姊這麼說，感覺不壞。」
能夠被伶奈姊姊這樣的女性稱讚，和被遠山稱讚不同，是另一種意義上的開心。
「麻里花，妳要不要當當看讀者模特兒？我可以介紹我的門路給妳哦。」
「不、不了，我對那個沒有興趣……請容我拒絕。」
「那真是太可惜了。不過這也是勉強不來的，要是妳哪天突然有興趣隨時都可以跟我說哦。」
「我想應該不會吧……」
「那麼，我們來交換聯絡方式吧！之後我想和麻里花多多聯絡感情呢，請妳掃一下我的QR碼吧。」
「好、好的……我知道了。」
初次見面時也是如此，現在又被伶奈姊姊的步調帶著走。她的作風有些強勢，而且很善於控制別人。
「好，登錄完畢！不論何時妳都可以傳訊息哦。如果是麻里花的話我非常歡迎。」

「請、請多多指教。」

「遠山同學，抱歉把你晾在一旁了，覺得被冷落嗎？」

「不會，我並不會覺得被冷落……妳還是一樣把距離感拿捏得很奇怪。上原同學有點想退避呢。」

「麻里花，應該沒那種事吧？」

「是、是的，我只是覺得妳還真熱情呢。」

就像遠山說的一樣，她不否認自己有點被伶奈姊姊的氣勢給壓倒了，這時她用曖昧的方式傳達給她。

「麻里花真是個好孩子。遠山同學你也很開心有這樣既可愛，個性又好的女孩當女朋友吧？」

伶奈姊姊的說話方式似乎蘊含著什麼，以飽含深意的眼神看向遠山。

「不、不是啦。我和上原同學並沒有在交往。」

「哎呀，是這樣嗎？你們看起來很相配，我以為是那樣呢。」

——這個人……明知道我和遠山不是戀人，是故意這麼說的。

「沒錯……我們還不是戀人。」

伶奈姊姊似乎看透了一切，對此我感到不甘心，於是稍微態度強硬地回答她。

「是嗎……雖然我不能只幫麻里花加油，但我喜歡妳這個人，希望妳能加油哦。」

伶奈姊姊之所以會這麼說，我認為大概是因為她知道妹妹高井同學的心思吧。
「那麼……真是抱歉打擾兩位，我也差不多該回去了。我會先去結帳，你們兩位慢慢喝吧。」
到剛才一直和我們對話著的伶奈姊姊，站起身來。
「啊，好的，謝謝招待。」
「伶奈姊姊，謝謝妳。」
伶奈從桌上拿起帳單，起身離席。
「啊，對了對了，遠山同學，不可以害女孩子哭泣哦。」
「我、我害誰哭啊？我才不會做那種事啦！」
遠山的模樣很慌張，否認了那句話。
——伶奈姊姊說的應該是高井同學吧……
「那就下次見啦。」
伶奈姊姊把我們耍得團團轉之後，就這麼走向了收銀台。
「……」
伶奈姊姊離開之後，我和遠山之間沉默著。伶奈姊姊最後留下的那句話的意思，我和遠山都心知肚明。
「遠山，差不多該走了吧。」

兩個人在這邊一直沉默不說話也不是辦法。

「說得對呢……上原同學妳的東西也得去買一買。」

我們向店員告知帳單已經事先結清後，便走出了店門。

離開咖啡廳後，我們漫無目的地在購物中心裡閒晃著。

「剛剛伶奈姊姊最後說的，應該指的是她妹妹高井同學對吧……？」

「那、那個是……」

我喃喃說出口的話，讓遠山語塞了。

「抱、抱歉，就算問遠山，你也覺得困擾吧……」

我知道遠山現在不談這件事一定有他的理由。但是我想知道他的真實想法，忍不住就把話說了出來。

我用手碰觸遠山的手。

「上原同學……」

遠山回握了我的手。他曉得我現在希望他怎麼做。

我真的想知道實情嗎？說不定正好相反，我其實也懷著不想知道的心情。因為就算不知道實情，也能像這樣和遠山互相碰觸。

我們在遇到伶奈姊姊之後，懷著各自的祕密心思繼續約會。
最後，我們什麼都沒買就離開了購物中心，往回家的車站走去。
「上原同學，妳真的沒有需要的東西嗎？」
沒有買到便當的謝禮，遠山似乎感到很在意。
「對，沒關係的。能像這樣和你在一起，我已經很開心了，這樣就夠了。」
「是嗎……那樣的話就好。要是妳有想要的東西，不管何時都可以跟我說哦。」
遠山溫柔地如此對我說道。
「那……假如我要你親我呢？」
「……現在，在這裡嗎……？」
我的話讓遠山露出驚愕的表情，並停下腳步。
遠山似乎是把那句話當真了，用認真的神情盯著我看。
「開玩笑的啦。這裡行人這麼多，要是做了那種事，那我不就變成花痴了嗎？」
「真是的……開那種玩笑話對心臟不好啊……」
——難道說，要是我認真提出來，你就會照做嗎？
遠山給我一種他可能真的會親我的感覺，所以我怨恨起用玩笑話帶過的自己。
「咦，難道遠山你稍微期待了一下嗎？」
為了排遣自己後悔的心情，我故意做出胡鬧的樣子。

「不，與其說是期待……」

遠山大概是有些害羞吧，臉龐微微染紅。

——咦？這難道是有希望了……？不、不能有奇怪的期待。

為了不讓自己變得飄飄然的，我這麼對自己說。

「這樣啊……要是你請我喝學校自動販賣機的紅茶的話，我就當成便當的謝禮扯平了。」

「啊，那樣的話，每天……不……每兩天一次的話，我可以請妳喝哦。」

「遠山，你最近手頭突然很緊呢。」

「因為最近出門次數變多了，買太多書之類的東西，真的變得很窮呢。」

遠山放學後變得常和我們出去玩，他和高井同學似乎也頻繁地一起出遊。我雖然內心有些想法，卻沒有立場可以跟他說不要那樣。

「那打工的話呢？」

「我父母回家比較晚，我得幫忙做家事才行，應該沒辦法吧。不過……不偶爾打點零工來賺錢的話，零用錢不夠用呢……」

「啊，我也沒有在打工呢……只靠零用錢不夠用啊……試著當看看讀者模特兒吧？」

「咦？剛剛妳不是才說過沒興趣的嗎？」

「我對當讀者模特兒沒有興趣，但要是能賺錢的話，也是可以考慮啦。」

雖然我說過對讀者模特兒沒興趣，但想要賺錢是真的，就像伶奈姊姊說的那樣，在展場能賺錢的話，我也不是不想試試看。

「是嗎……不過，如果是上原同學，我覺得辦得到哦。」

「可是應該還是行不通吧。被一大群人盯著看，我真的沒辦法。像伶奈姊姊那樣的人真是厲害呢。」

「對那個人來說，說不定確實是天職呢……」

「對吧？」

和遠山邊走邊聊，不知不覺就到達車站了。

「那麼，上原同學路上小心。」

「遠山，今天謝謝你。我很開心哦。」

和遠山互相道別之後，我們走向各自的月台。

我停下腳步回頭望去。

——假如，不是在有人經過的道路上的話，說不定就能接吻了……？

望著身影變小逐漸遠去的遠山背影，我不得不對往後的日子感到期待。

我來到的不是反省堂，而是在地一家中級規模的書店。雖然書的品項沒有反省堂那麼齊全，但暢銷書都會確保有庫存，所以我常來這家店。

「誠徵打工……」

我看著貼在書店入口處的徵人啟事傳單，想起佑希最近常常提到的事情。

『最近花費很多，沒有錢了。』

自從很難把佑希叫來家裡之後，我常常邀請佑希去網咖之類的地方。和奧山同學他們交流的次數增多，佑希的社交費也增加了，他經常說零用錢不夠用。

「試著打工看看吧……」

我沒有參加社團活動，放學回到家裡也都在讀書或看書就這麼過完一天，沒有做任何有生產性的事情，不得不說是無意義地度過了一整天。

「只要我有賺錢，可以連佑希的份都一起付，就能和他在一起了……」

思考著這樣的事情，我踏進了書店。

我在書店內觀察著忙碌的店員。他們忙著整理書架，包書膜等等。我試著將自己的身影重疊到那些店員身上。

「感覺好開心……」

想像自己被書本包圍地工作著，我的心雀躍得不像平常的自己。

我再一次地回到入口處，這次仔細地重新將徵人啟事看過一遍。

『每週兩次，一次四小時以上。高中生可。』

我看過這些文字之後，再次回到店裡，下定決心向正在整理書架上書本的年輕男店員出聲詢問。

「那個……我看到入口貼著徵人啟事……」

我擠出勇氣，踏出了新的一步。

◆

向店員提出想在書店打工的幾天後，我帶著履歷接受面試，順利地獲得僱用。

今天是第一次打工，放學後我沒到圖書室去，而是穿著制服直接來到書店裡。

面對著書店的入口，我感到極度緊張。平常過著幾乎不與人來往的生活，對我來說打工這種事難度太高了。

不過站在原地，也不會發生任何好事的。所以我做好覺悟踏進了店內，向年輕的男店員打招呼。

「那、那個，我是被錄取的工讀生高井。」

「啊，啊啊！妳是之前跟我搭話的高中生！」

那位男性店員就是我下定決心要打工那天，我直接出聲搭話的人。

年紀大概是大學生的年輕男性，就算突然被我搭話也沒有露出嫌惡的表情，以非常有禮的態度對待我。

「我是青木達也，接下來請多指教。」

「我是高井柚實，我才要請你多多指教。」

我和青木在店裡互相問候。

「那我接下來帶妳去報到，妳跟我來。」

「好的。」

我穿過後台，被引領到辦公室。

「店長，我把第一天來打工的高井同學帶過來了。」

這間書店的店長是女性，就是她面試我的。

「高井同學，妳來得正好。更衣室的儲物櫃裡有準備制服，請妳換好制服後再回到辦公室來。」

「好的，我知道了。」

「那麼青木，你帶著高井同學到更衣室去吧。」

「我明白了。」

「高井同學，更衣室在這邊哦。」

我再次跟著青木先生走了。

「這裡是女子更衣室。更衣室本身沒有鎖，自己的儲物櫃要記得鎖好哦。」

「好的，我知道了。」

「那請妳換好制服後再回到辦公室，接受店長的指示。」

「好的，謝謝你忙碌中還幫我帶路。」

青木先生似乎很忙地回去工作了。

「呼……好緊張啊。但是青木先生似乎是個好人，太好了。」

我穿上了制服，圍裙的胸口處別著「實習中」的名牌。

「店長，我換好制服了。」

「那高井同學請妳馬上就開始工作吧。接下來我要去店裡，妳跟我來。」

「好，我明白了。」

終於，值得紀念的初次打工即將開始。

我因為太過緊張，雙腳稍微有點顫抖。

「高井同學，研習中會有其他工作人員陪同，直到妳習慣為止都不需要對應客人，沒事的。妳不用那麼緊張。」

「好、好的。」

店長雖然體諒我叫我不用緊張，但這點還是需要時間習慣的。

身上穿著制服踏足到店裡，和平常以客人身分前來時是完全不同的光景。這是我的新世界的開始。

「青木，今天就麻煩你帶新人了。就用剛剛開會說的順序教她吧。」

看來並不是由店長教我工作內容。試著一想，店長應該是很忙碌的，大概沒有空去照顧一個新人。

「好的，我明白了，交給我吧。」

「那之後就麻煩青木了。」

店長回去了辦公室。

「那麼，再次請妳多多指教了。」

「好、好的，請多多指教。」

「妳相當緊張耶。妳說妳是高中生，第一次打工嗎？」

「對、沒錯，是第一次。」
「那緊張也就難免了吧。首先請妳先習慣這邊的工作氣氛吧。」
「好、好的。」
我從剛剛開始，感覺一直在回答「好的」。我到底是有多緊張啊，覺得有些羞恥。
「那麼，首先向妳介紹店內位置，要記得各個位置的叫法。」
我從圍裙的口袋中拿出小筆記本，跟著青木先生走。
「這麼說起來，高井同學一開始跟我搭話時，我就覺得好像有看過妳呢。然後仔細一回想，原來是常客，讓我嚇一跳耶。」
青木先生一邊前往後台，一邊跟我說話。
「咦？你知道我嗎？」
「算是啦，妳常來店裡，我覺得妳很可愛。」
看來我似乎是常來到被店員記得長相了，有點害羞。
「我可愛嗎，哪有……」
「有次妳把頭髮一口氣剪短，來到店裡時我嚇了一跳哦。不過，現在的髮型也很適合妳呢。」
「謝、謝謝誇獎。」

青木先生為了緩解我的緊張，特地陪我聊天，但我很不擅長和人溝通，不知道該怎麼反應才好。

「啊，跟妳說這些好像有些失禮吧？」

「不、不會，沒那種事……沒關係的。」

青木先生是個大學生，大概是和我年紀相近的關係吧，多虧有他和氣地對待我，我感覺自己稍微緩解了緊張。

「太好了。那我接下來要說明，請妳記一下筆記吧。」

「好、好的。」

「這麼說起來，妳今天是待到打烊時間為止嗎？」

今天是我跟著青木先生請他教我工作內容，直到打烊時間為止，到此我打工第一天的工作就結束了。

「是的，如果隔天要上學，就是到晚上九點的打烊時間為止。」

實際上打烊之後還有工作要做，但為了不讓女性太晚回家，店長關照了我。

「這附近的治安雖說不錯，但女性待到太晚還是很危險的。我們店還有一個員工是女高中生，她也是工作到打烊時間為止。」

「原來還有一位女高中生啊。」

「今天她沒有上班，不過之後妳們就會見到面了吧？見了面要好好相處哦。」

「好的，我知道了。今天非常謝謝你。」

「高井同學，辛苦妳了。」

「青木先生之後也請加油，辛苦你了。」

就這樣，我體驗了人生第一次的工作，一邊感受著恰到好處的疲勞感，我踏上了歸途。

◇

放學後，遠山坐在圖書室的櫃檯，因為那個看習慣的人不在座位區的老地方，讓他感到有些寂寞。

「遠山！我來玩了！」

「上原同學，這裡不是來玩樂的地方哦。」

一如往常的對話，這種交流讓遠山也開始感到有趣了。

「今天高井同學不在呢。」

上原將視線投向高井總是坐著的座位。

「啊，聽說她最近開始在書店打工了。而且今天她要打工，所以直接回去了哦。」

「咦咦？高井同學開始打工了？怎麼這麼突然啊？」

遠山也沒有事先聽她說過，只聽她說：『我開始打工了』，簡直就像青天霹靂一樣。

「雖然不是很清楚，但她之前有說過想要賺錢。」

「應該是有什麼想要的東西吧。」

「唔……我沒問得那麼清楚。不過我覺得嘗試各種事物都會變成寶貴的經驗嘛。我也想要錢，也想著要打工看看。」

「說得對呢。我也試著打工看看好了？我想要再多一點能夠自由運用的錢啊。」

「說到最後還是為了錢呢。」

遠山和上原說到底都是出自為了錢才想要打工的現實想法。

「這麼說來……我們周遭有在打工的人不多吧？」

「啊，確實是……千尋沒有打工……相澤同學呢？」

相澤放學後常常比遠山他們早一步回去，說不定她是有在打工的。

「美香在速食店打工哦。遠山你不知道嗎？」

「不，我是第一次聽到哦。這種話題感覺我們從來都沒有聊過呢。」

「說到打工話題，除了和伶奈姊姊聊到讀者模特兒的話題時以外，我和遠山沒有聊過呢。」

「這麼說來，上原同學妳不當讀者模特兒嗎？」

「遠山你希望我去當讀者模特兒嗎？」

「嗯……不太喜歡呢……感覺妳會變成很遙遠的人。」

要是上原開始當讀者模特兒，應該會變得難以接近吧，遠山似乎是這麼想的。

「又不是藝人……不過你放心，我不會去做遠山不喜歡的打工的。」

「不、不用考慮我啦。上原同學妳應該去做妳想做的打工哦。」

遠山嘴上雖然這麼說，卻不覺得反感。

「我要去打工的時候會先跟遠山商量的，你放心。」

可以清楚看出上原總是以遠山為中心來思考事情，那份體貼讓遠山感到開心。

◆

我在書店打工已經過了一週左右。由於上班了好幾次，我稍微有些習慣，開始變得不那麼緊張。

「高井同學，接下來要把新書做包膜處理，準備放到店裡，妳來這裡。」

「好的，我現在就去。」

我單手拿著筆記本，跑到青木先生的身邊。

「要用這台機器包膜，請記住使用方式。」

「我明白了。」

「要說是怎麼樣的過程，就是把這本書放入透明塑膠袋，利用熱度縮小，變得符合書本的大小，這就叫做包膜。」

「好的。」

「首先，預先將書本放進這個透明的袋子中做準備，開啟這裡的電源，機器就會開始預熱，當這個燈亮時就是準備完成了。」

「然後，把書放到投入口的傳送帶送進去，會從另一側將縮膜完成的書輸送出來，妳再把它拿起來。要是縮膜的速度比較慢，妳可以用這邊的旋轉鈕放慢傳送帶的速度，或是重新再投送一次就行了。不過要注意的是，如果書卡在出口處，還在機器裡的商品會發生碰撞，加熱太久商品就會損壞了，要多留意。」

「那麼……像我剛剛示範的那樣，妳試著做一次吧。」

「好、好的，我試著做看看。」

我戰戰兢兢地將作為商品的書本投入到機器中。

「沒錯沒錯，就是那樣。很簡單吧？」

從出口處拿到包膜完成的書，青木先生對我欣慰地微笑著。

「對，我還以為是更難的。」

「這並不是什麼複雜的工作，只要意識到剛剛說的注意點就沒問題了。」

「好，我會注意的。」

「咦，這本書……」

包膜完成後拿到手上的書，青木先生直盯著它看。

「青木先生，那本書怎麼了嗎……？難、難道說有哪裡做得失敗了嗎？」

「不，不是那樣……我是在想這本書的改編電影最近上映了吧。」

「啊，這本小說我也有讀過，非常有趣。」

「我也是最近才讀的，確實很有趣，我還想著一定也要去看電影。這個作者的其他小說也很有趣，擁有獨特的氛圍感，風格也是獨一無二的，我個人非常推薦這個作家哦。」

在書店工作的樂趣就是能和這樣喜歡書的人一起聊書的話題。青木先生因為在書店打工，說不定讀過很多書呢。

「真的嗎？等我有空時來查看看吧。」

能夠輕易地得到書的情報，這也是在書店工作的特權。

『請支援收銀。』

後台播放了支援收銀台的廣播。看來是到了上班族的回家時段，排隊結帳的客人變多了。

「高井同學，我要去支援收銀。這個書架上的書全部都要請妳包膜。袋子在這邊的抽屜，依尺寸排放著。」

「這些全部對嗎。」

「那麼就交給妳了。」

青木先生揮了揮手，回到了店裡。

「好，加油把它做完吧。」

我默默地將堆疊在書架上的書本進行包膜。像這種單純的作業似乎很適合我，我能夠集中精神作業，多虧如此時間一下子就過完了。

「高井同學，辛苦妳了。」

到了打烊時間，當我正在整理包膜完成的書本時，青木先生為了告知我工作結束，而往後台探出了頭。

「啊，辛苦你了。交給我的書已經全部包膜完成，我分類好放在書架上了。」

「謝謝。剩下的我會接手，高井同學妳可以下班了。」

「好的，剩下就麻煩你了。青木先生，我先下班了。」

「好，辛苦了。」

今天也學會了一項新的工作。像這樣一點一點地增加會做的工作，上班也變得很開心。

今天我也滿足於工作的充實感，心情很好地結束了一天。

◇

午休，以遠山的課桌為中心聚集的上原等人，以早上班會時宮本老師說的事為話題，興高采烈地談論著。

聽說下午的班會將會決定九月舉辦的體育祭的執行委員。

執行委員每班男女各一名，共計選出兩名，除了學業之外還會增加多餘的工作，想當委員的學生很少。

體育祭和文化祭等活動的執行委員，因為工作量繁重，放學後要待到很晚，而且假日必須得到學校，因此大家都敬而遠之。

「雖然說今天要決定，但會有人想做嗎？我是絕對不想啦。」

相澤將插進紙盒果汁的吸管含在嘴裡，用打從心底討厭的表情不滿地說道。

「應該沒有人想做那個吧。我聽去年擔任委員的人說，每天都要做到很晚，假日還必須到學校來耶。」

奧山也不例外，看起來不想做。

「反正都要做，交給你們這對情侶來做的話，不就完美收場了嗎？」

相澤看向奧山和小嶋這對情侶。

「為什麼是我們啦？這樣我不就沒有和翔太一起玩的時間了嗎？」
當然小嶋也對此感到不滿。
「一起當委員的話，就能一直在一起了吧？這樣就解決了啊。」
相澤似乎很想讓奧山和小嶋來擔任。
「可是我覺得情侶能夠一起當委員很棒耶。就像美香說的，這樣就能一直在一起了。」
相澤是因為覺得麻煩才想推給別人，上原純粹只是羨慕而已。
「那麻里花妳來做不就得了？」
小嶋像是得到可趁之機般地將上原當成目標。
「那、那要看搭檔是誰啊。我又不是誰都可以……」
上原將視線轉向身旁的遠山。
「佑希和上原同學一起當的話怎麼樣呢？」
全員都避免提及的提案，被什麼都沒有察覺的沖田說出口來。
「為、為什麼是遠山啊。」
上原用一副著急的樣子問沖田。
「上原同學，妳一邊說著那句話一邊不斷看向佑希，我以為妳是想和他一起當啊。」
因為最近上原沒有打算隱藏自己對遠山的好感，似乎連沖田都注意到了，只是沖田似乎沒有領會到這是戀愛感情。

「遠、遠山……一起當的話……怎麼樣呢？」

上原往上抬眼看著遠山，徵求他的同意。班上幾乎沒有被上原拜託還能拒絕的男生吧。

「我、我已經當了圖書委員了，兩邊都做的話有點……」

遠山雖說被上原這麼拜託，但他真心想避免同時擔任兩個委員的工作。

「也對呢……」

上原大概是稍微有些期待吧，一副垂頭喪氣的樣子。

「這樣一來，就不會有想參選的好事之徒了，應該會抽籤吧……我的籤運不好耶。不對，這種時候籤運不好才好吧？」

奧山煩惱著芝麻小事，不過班上大半的同學應該都有同樣的想法。

「只能期待有自告奮勇的人出現了呢。」

最後就像相澤說的一樣，大概只有等某人出來參選，或者希望抽籤別抽中自己，讓別人來當的這種交給運氣來決定的選項而已。這裡沒有會主動把麻煩事往身上攬的學生。

下午的課程結束後，終於來到要決定體育祭執行委員的班會時間。

班上的學生應該幾乎全員都祈求著自己不會中選吧。

「我想利用這個時間來決定兩名體育祭執行委員。」

班導宮本老師在班會開始時就告知大家。

「體育祭執行委員需要男女各一名，共計兩名。」
「首先，想參選的人請舉手。」
宮本老師從講台上環視要參選的學生。
——果然沒有嗎……咦？
當遠山判斷沒有學生參選的瞬間，班上開始騷動起來。
——上原同學？
班上僅有一人——上原舉起了手。
「好，女生名額就決定是上原同學了。還要決定一名男生，有人要參選嗎？」
宮本老師這次開始詢問有沒有男生的參選者。
理所當然地，男同學們有半數以上都舉起了手。能夠和班上受歡迎的上原一起擔任委員的話，事情就不一樣了。
坐在從第一排數來第二列的上原轉過頭來，環顧周圍。沒有舉手的遠山和上原對上了眼，遠山感覺到上原的眼神似乎想表達什麼。
敗給了上原宛如誠心請求著的眼神，遠山畏畏縮縮地一邊在意著周圍一邊舉起了手。
看見遠山的動作，上原的表情為之一亮。
「似乎有很多參選者呢……該怎麼辦才好呢。」
宮本老師邊看著遠山的臉，故意裝出一副困擾的樣子。

「那麼……就由已經決定好的上原同學從舉手的學生中指名吧。上原同學，這樣好嗎？」

「好、好的，這樣可以。」

原本喧鬧著的教室又變得更加吵雜了。能被上原選中的光榮男生會是誰呢，除了舉著手的同學以外都感到充滿興趣。而舉著手的同學應該正在祈禱著自己能被選上吧。

「那我想要指名……」

上原似乎要決定指名誰了，喧鬧著的教室一瞬間安靜了下來，全班同學都吞著口水從旁觀望著。

「體育祭執行委員的另一位，我希望請遠山同學來擔任！」

當遠山的姓名從上原口中說出的一瞬間，可以當成是怒吼的悲鳴聲響徹教室。

雖然只是指名一起活動的委員，但早已傳出緋聞的兩人在這種情況下，實質上不就像是上原對遠山告白了嗎？

「好，請大家安靜。體育祭執行委員就決定是上原同學和遠山同學兩位了。希望兩位能夠讓活動順利進行，請大家也給予協助。」

就這樣波濤洶湧的班會時間結束了。但是尚未從興奮中冷靜下來的同學們開始聊起了八卦。

『這樣就決定了呢。果然他們兩個已經在交往了。』

『真是打擊啊。上原同學的對象竟然是遠山……』
『我一直都覺得是那樣哦……』
『算了，該說什麼……放棄吧。』
『上原同學真是大膽耶。這樣不就跟告白沒兩樣了？』
『與其說是告白，應該說是自爆吧？』
竊竊私語的學生們之中，有一個學生快步走出了教室。
那個學生的背影非常寂寥，像是不想被任何人發現般地安靜離開教室。
——高井！
發現高井離開教室，遠山本來想要追上去，但他正和上原一起聽宮本老師說明體育祭執行委員的工作內容，無法脫身。
遠山只能目送高井寂寥的背影離開。

◆

在書店開始打工後過了兩週，我終於習慣了工作，能夠一個人處理的工作增加了。感覺自己能派上用場，明明應該開心才對，但我的心情卻十分消沉。
說到原因是今天下午班會時，由於上原同學指名佑希擔任體育祭執行委員的搭檔，現在班上都認為他們兩個是戀人關係。

從現在的狀況看來，就算他們兩人否認是戀人關係，也不會有人相信的吧。

——我到底……都在做些什麼呢……？

上原同學不在意周圍的人事物，一心一意地追逐著佑希。但我只是從佑希那裡獲得需要的東西，卻不曾自己主動出擊，什麼都沒做。

要是佑希他對上原同學……這麼一想我的胸口就好像要炸裂般地疼痛著。

暫時集中精神整理書本之後，我能夠不再去想多餘的事情，心情稍微平靜了下來。被書本包圍著就能讓心靈獲得平靜，這點和在圖書室相同。

「高井同學，妳先停下現在正在做的退書處理，和我一起開封和清點明天要陳列到店裡的書。」

從店裡回來的青木先生用手指向在後台堆積如山的書本捆包。

「好，我知道了。」

確認進貨與清單中記載的品名與數量是否相符，客訂品要分開，排放到後台的書架上。確認有沒有傷到的書，確認完後要列入庫存的數量。

雜誌之類的有時有附贈品，這時不能忘記確認贈品，並將書和贈品放成一組。

「進貨的數量在確認有列入店鋪庫存量之後，立刻就可以上架。」

開封作業可以很快地看到新書，讓人很開心。自從在書店工作之後，收到新書情報的速度與沒有工作之前簡直不能相比，也變得能夠迅速地買到。

「高井同學感覺很開心呢。」

不知不覺間我露出了笑臉，看到我這個樣子，青木先生好像感到欣慰地看著我。

「我只要被書本包圍著心靈就會感到平靜。所以在學校時也幾乎都把時間花在圖書室裡。」

「我明白呢。我也是因為喜歡書才開始在這裡打工，我覺得真是幸好有來這裡，而且還能像這樣認識高井同學呢。」

「啊、嗯……是，謝謝……」

這種話除了佑希以外沒有其他男性對我說過，我不知道該怎麼反應才好。

「啊，抱歉，不小心說了奇怪的話了。不過我和高井同學在書的話題上聊得來，一起工作時也很開心，不小心就說出真心話了。」

青木先生有點害羞地搔搔臉頰，一邊微笑著。他的表情讓我想起在圖書室剛開始和我說話的佑希，讓我有些難過起來。

之後我和青木先生之間沒有再交談，兩人都集中精神在工作上。

「高井同學……這個週六妳有空嗎？」

在沉默之中，青木先生開口向我詢問我的行程。週六是我打工休息的日子，是要商量班表的事嗎？

「週六嗎？我學校休息，也沒有什麼安排……怎麼了？」

「不……那個……之前跟妳提過的那本小說改編成的電影，要不要一起去看呢？」

「咦？我和青木先生兩個人……是嗎？」

我還以為是要商量打工班表之類的事，沒想到是邀我去看電影……而且是兩個人單獨一起去。青木先生是個溫柔的好人，個性爽朗，我覺得一般他會被歸類成型男的類別。即使如此，我沒有打算和佑希以外的男性一起單獨出遊。

「和我單獨一起去，一定會很無聊的。」

我不曾被男性邀約過，不太懂得該如何拒絕。

「沒那回事。高井同學和我也聊得來，才不會無聊哦！所以妳不用在意那種事，好嗎？」

不清楚明白地拒絕是不是不行呢？青木先生繼續追擊。

——可是……要是佑希知道有其他男性約我，他會為我感到嫉妒嗎？

一直都是我為了上原同學而吃醋，懷著鬱悶的心情。要是佑希也能感覺到相同的情緒，說不定他就會願意看著我了。

「……請讓我考慮一下，下次打工時我再回覆你，這樣好嗎？」

為了這種目的我利用了青木先生，雖然感到過意不去，但我還是決定延後回覆。

「我知道了……我期待妳會給我一個好的回答。」

青木先生對於這種曖昧的回覆沒有露出厭惡的表情，他應該真的是個好人吧。我不由得萌生罪惡感。

◇

一如往常地以遠山為中心，上原、沖田、相澤聚集在一起，吃完午餐後四個人圍著桌子談笑著。

「佑希，我有話要跟你說，方便嗎？」

午休很少和遠山等人在一起的高井對遠山說道。

「嗯，什麼事？」

「抱歉，不要在這裡，我想在別的地方說。」

——不想被其他人聽到的事情……會是什麼事呢……？

從高井的表情看來，遠山感覺到不是什麼好事情。

「我知道了，我們到走廊去吧。」

「好。」

就這樣遠山帶著高井走出了教室。

「柚實是怎麼啦？我感覺她有點沒精神的樣子……」

相澤似乎也發現高井和平常的樣子稍有不同。

「美香，我去一下廁所。」

上原對高井感到在意，謊稱自己要去廁所，追在兩人身後走出了教室。

從教室飛奔而出的上原，在稍微有些距離的走廊角落發現了他們兩人。為了不被發現，她藏身在轉角處聽著他們兩人的對話。

「高井，妳有什麼事？」

大概是很難以啟齒的事，遠山詢問之後，高井也沒有馬上開口。

「那個……之前，我打工地點的男性前輩、那個……邀我這個週六……去、去看電影。為了這個，我想跟佑希商量該怎麼辦才好。」

高井低著頭，抬眼窺視著遠山的反應。

「那、那麼……高井妳是怎麼回答對方的呢……？」

「我說讓我考慮一下……」

遠山閉上雙眼，有一瞬間露出了煩惱的神情，然後他緩緩睜開眼，直直地看著高井。

「……是嗎……高井妳沒有當場就拒絕邀約的話……我覺得說不定妳和他一起去看電影

也不錯哦，而且我覺得這也不是、我可以、多嘴的。」

遠山說得斷斷續續地，這麼回答道。

「咦……？佑希你……就算我和其他男生去看電影，你也沒有什麼想法嗎……？」

從遠山口中說出意料之外的話，高井不知道這是不是他的真心話，於是追問道。

「高井要是想看電影的話，我不能說對象是男生就不行，我沒有資格……阻止妳。」

「……佑希你……真的……這麼想、嗎……？」

高井找遠山商量自己要和其他男生一起去看電影，她一直期待著他說不定會阻止自己，說不定會感到嫉妒。可是雖然不知道是不是出自真心的，從遠山口中說出的既不是阻止，也不是嫉妒，而是可以當成『隨便妳』這種漠不關心的話語。

「這、這樣啊……是嗎……那、那麼，就隨便我嘍……佑希你這笨蛋……」

眼中蓄著淚水的高井這麼喃喃低語著，從遠山的身邊跑開了。

——我該怎麼做才好……？我有資格說：『不行，妳別去』這種話嗎？可是高井卻希望我那麼說？她是特地對我說她要和其他男生出遊這件事來測試我嗎？我不明白。

藏身看著兩人互動的始末，上原也和遠山一樣陷入了混亂。

「遠山和高井同學沒有在交往嗎……？」

將兩人的互動看在眼裡，上原感到疑問。要是他們兩個在交往的話，他應該會說「別

去」才對吧？但是遠山卻說：『我沒有資格阻止妳。』

——我不明白……遠山和高井的關係到底是？

上原由於有太多不明白的事情而陷入混亂。

「高井同學好可憐……」

她一定是希望遠山能夠阻止她，才豁出去說出來的吧。結果不但沒有被阻止，還被回以：『希望妳自己決定』這種無情的回答。

就算如此，上原也沒有立場去安慰高井，說到底高井是她的情敵。

——但是……高井同學要是和那位男生發展得順利的話，說不定遠山就會只看著我一人了。

覺得高井很可憐的心情，與要是高井脫隊的話機會就會來到自己身上的想法互相衝突，將上原的心靈逐漸染黑。

「啊，該回教室了……」

上原懷著複雜的心情，回去了教室。

上原進入教室時，遠山和高井兩個人都還沒有回來。

「上原同學，可以稍微說一下話嗎？」

當上原坐在自己的座位上發呆時，突然從身後傳來叫她的聲音。

「遠山……？什麼事？」

回來教室的遠山似乎也稍微沒有精神。和高井進行了那樣的對話之後，這應該也是理所當然的。

「妳有聽說這個週六，體育祭的委員要到學校集合的事嗎？」

「沒有……我不知道。」

「剛剛我在走廊遇到宮本老師時聽她說的，但詳情我並不是很清楚。」

「是嗎，這樣除了接受也沒其他辦法了呢。」

這正是沒有人想當體育祭執行委員的理由，即使學校休假也要到校才行。當放學後的時間不足以應付長時間的討論的話，必要時就需使用假日來確保有足夠的時間可以開會。

「遠山抱歉哦。你陪我一起當委員之後，連休假都沒有了。」

指名遠山的上原似乎感覺自己有責任。

「上原同學妳不用在意，是我自己要參選的。」

「不過，你會參選是為了我吧？」

看來遠山是為了上原參選這件事，早就被發現了。

「嗯……說不定是這樣沒錯，但我想和上原同學一起辦活動是真的，所以請妳不用那麼在意哦。」

「好，謝謝你。我也是和遠山在一起的話，就不需要休假了……」

用熱切視線看著遠山的上原，她的表情完全就是戀愛中的少女。
「那、那我回座位了哦。」
上原的樣子變得奇怪起來，讓遠山像是逃跑般地回到座位上。
——高井……果然沒有精神呢。
和遠山說完話之後，想必是去了圖書室的高井在午休即將結束之前回到了教室。雖然和往常一樣面無表情，但她的心中蒙上了一層黑暗的陰影，遠山和上原都看得出來。只是三個人都對這種狀況束手無策，只能彼此互相守望著。

◆

和佑希商量被邀請去看電影這件事的這天放學後，我走向打工地點。
「怎麼辦……今天青木先生休假所以還好，但總是得回覆他的……」
原本很開心的打工，現在去了也只感覺到憂鬱。
「但是，不好好回覆的話也不行……」
就算佑希希望我自己做選擇，答案也只有一個，所以我想好好珍惜這份心情。
在後台開捆包的時候，午休時和佑希的對話也會掠過腦海。

——我和其他男生兩人單獨出遊，佑希也不在意嗎……？

我希望佑希說他討厭這樣。就算不是戀人關係，想必佑希也會這麼想的。但這些想法都只是我的一廂情願而已。

想到這些，我的眼淚就快溢出來了。

——幸好這裡是後台……這種樣子不能被客人看到。

「咦？柚實妳怎麼了？難道妳在哭嗎？」

「藤森學姊……沒、沒什麼……」

我被同樣是打工的高中生藤森加奈子學姊看到在哭了。

「怎麼可能沒什麼呢！發生什麼事了？我聽妳說。」

藤森學姊是和我同一所高中的二年級學姊。她雖然打扮得很有辣妹風格，人卻很溫柔，總是掛心著我。

「謝謝妳。不過現在還在打工……」

「是嗎……我知道了。但是之後我再問妳吧。我覺得就算只是說出來，心情也會變好哦。」

「好……」

「那我回去收銀台了，要是發生什麼事，要立刻跟我說哦。」

藤森學姊感覺很擔心地回到了店裡。

——被看到了……要是不轉換好心情，專心工作的話，會造成困擾的。

多虧藤森學姊和我說話，讓我稍微平靜了下來。我不再想著佑希和上原同學的事情，重新開始工作。

迎來了打烊時間後，我和藤森學姊在更衣室準備回家。

「柚實，妳已經平靜了嗎？」

藤森學姊感覺很擔心地探頭看著我的表情。

「嗯，我已經沒事了。謝謝藤森學姊為我擔心。」

「不用客氣啦。話說回家路上要不要去一下超商？我的肚子餓了，吃點什麼再回家吧。」

「好，我知道了。三十分鐘左右的話我可以。」

「ＯＫ～！那就決定了。趕快換好衣服走吧。」

藤森學姊個性開朗，待人友善。像這麼難以親近的我，她也能這樣和我交好。

「店長，不好意思我先走了。」

「店長，我先走啦。」

藤森學姊就算面對店長也不改她那隨和的態度，但她工作時的態度可以看出她是有好好表現敬意的。這點店長也知道，所以沒多說什麼。

「好，妳們兩位都辛苦了。回家路上小心哦。」
從員工專用出入口離開的我們走向附近的超商。
「柚實習慣工作了嗎？」
「嗯，多虧藤森學姊和青木先生的細心教導，我大致上都習慣了。」
「是嗎。那妳覺得可以這樣持續做下去嗎？這裡沒有同年紀的女生……我希望柚實妳會照這樣繼續打工下去呢。」
雖然還有其他女性員工，但大多是年紀較大的兼差家庭主婦，或是正式員工，所以藤森學姊才會希望同樣是高中生的我能繼續待著吧。
「工作很開心，大家也都是好人，我也想繼續做下去。」
「太好了！柚實妳在的話我也會很開心，這讓我很高興。」
「我也覺得有藤森學姊在真是太好了。」
「真是的，柚實妳盡說些讓我高興的話耶。」
從來沒有人用這種方式對待過我，所以我覺得有來打工真的是太好了。
我們從店裡花了幾分鐘走到超商。買完東西的我們在停車場聊天聊得笑顏逐開。
「柚實妳不吃東西嗎？」
「我回到家還有晚飯吃。」

現在我和姊姊輪流做飯。有打工時我就請姊姊做飯，今天姊姊應該有做飯才對。

「藤森學姊妳回家後也會吃晚飯嗎？」

「不會，我打工的日子不吃晚餐哦。太晚吃的話會胖，所以我總會在超商稍微吃點東西再回家。」

「我也不吃晚飯比較好嗎……」

「我是太胖了才要注意，柚實妳應該不用啦？」

藤森學姊像是在舔舐著我的身體般地仔細看了看每個部位。

「有、有哪裡怪嗎？」

「沒有……柚實妳從腰部到臀部這個區域感覺好情色呢……」

她說的是我安產型的身材，屁股很大吧？

「我很在意這點耶……」

「不、不是啦，我不是說這樣不好，反而是好的吧？會讓人感興趣。」

這種說法是在稱讚我嗎，我無法判斷。

「意思是說我可以感到開心嗎？」

「當然是啦，我要是男人絕對不會放開妳的！」

「是、是嗎……謝謝妳……？」

雖然沒辦法坦率地感到開心，但藤森學姊是非常努力地在稱讚自己，所以她覺得應該要坦然接受。

「那麼呢……讓這麼棒的柚實哭泣的到底是誰啊？是男人嗎？」

藤森學姊從歡快的氣氛轉為認真的神情。

「那個是……」

我不知道該不該說，難以判斷。

「說出來會清爽一點哦。」

在學校發生的事，如果是沒有直接關聯的藤森學姊的話，跟她說應該沒關係吧，我開始這樣心想。不……應該說我想說給某個人聽。

「嗯……妳可以聽我說嗎？」

「當然啦！」

說給別人聽當然沒辦法解決問題。可是……一個人抱著難題，也只會陷入思考的迷宮，找不到出口。所以我想抓住些微的光芒，決定說出來。

在超商的停車場一角，我把佑希與上原同學還有我的關係向藤森學姊訴說，將我和佑希的炮友關係省略不談，只說他是我喜歡的人，連同青木先生邀我去看電影，我很難拒絕他的這件事也都說了。

「啊，那就很複雜了呢。不過那位上原同學，聽柚實妳的描述，似乎是個優點相當多的人呢。」

「對……她朋友很多，個性溫柔且身材很好，很受歡迎，真的是個很好的人。」

「明明是情敵，妳卻滿是誇讚呢。」

「對，她就是這麼出色的人……」

「雖然我沒見過她所以不清楚……但柚實妳也很出色哦。我覺得妳一定不會輸給那個叫上原同學的，只是……」

藤森學姊一邊盯著我的臉一邊繼續說道。

「聽妳說她是體育祭的委員對嗎？而且兩個人同時被選上，這就對妳不利了哦。」

「對……」

藉由那個舉動，一口氣就讓佑希與上原同學是情侶關係的這項認知，在班上擴散開來。

——佑希是怎麼看待和上原同學傳出緋聞這件事的呢？

在她很想知道佑希的真實想法的同時，自己卻不曾對他說過真心話，說不定這是她只為自己著想的關係。

——！

藤森學姊突然抱住了我。

「覺得辛苦的話，不管什麼話都可以跟我說，不可以一個人煩惱哦。」

藤森學姊一邊緊抱著我，一邊對我投以溫柔的話語。

「嗯，謝謝妳……」

「然後啊……妳和達也的電影行程要怎麼辦？乾脆試著約會一次看看吧？遠山同學也沒叫妳別去，能夠認識其他男生說不定也不錯哦？」

從我身上離開後，藤森學姊繼續說道。

「不了……讓青木先生抱著期待我感到很過意不去……和男生兩人單獨出遊，會被佑希誤會的，我也不想這樣。」

「嗯，妳說得也沒錯啦……不過達也人很好，我覺得他還不錯，妳這樣太早放棄他了吧……」

我覺得藤森學姊大概是想提議讓青木先生代替佑希和我交往吧。

「那麼……要是難以拒絕的話，我有個不錯的提議，能交給我來辦嗎？下次剛好是我們三個人一起上班吧？」

「嗯，我記得確實是這樣。」

「我不會把事情搞砸的啦！」

「呃、嗯……那我想就交給藤森學姊來辦吧。」

「好！交給我吧！」

藤森學姊知道我的心意才做出的提議，想必是沒問題的吧。

今天對藤森學姊稍微傾訴之後，我有種稍稍得到救贖的感覺。

◇

到了週六，這天體育祭執行委員要開會討論，遠山和上原在學校放假時來到了學校。

「今天的會議從上午開始，午休之後下午也要繼續開會呢。我睡眠不足，擔心自己會不會忍不住就打瞌睡了……」

昨天不小心熬了夜，遠山幾乎沒怎麼睡到。

「遠山，明明有重要的會議要開，你昨天都做了些什麼啊？」

在重要會議當天，聽到他說睡眠不足，上原一副受不了的樣子。

「我只是一直在看書，那本書很有趣，我看到停不下來。多虧如此，我只睡了三小時。」

「只睡三小時很辛苦耶。你可別在開會途中睡著了哦，會很丟臉的。」

身為班級代表的委員要是睡著了，不只會成為班上的笑柄，整個班級也會被眾人恥笑。

「好，我會試著加油的。」

「要是你快睡著了，我會叫醒你的。」

「麻煩妳了。」

會議本身活力十足地互相交換著議論，忙得連睡著的時間都沒有，讓遠山得以撐過了上午的會議。

遠山和上原他們在自己的教室中度過午休時間。

「上午的討論相當白熱化呢。」

如同上原說的，當討論一開始時就以有經驗的委員為中心展開激烈的議論。初次擔任委員的遠山和上原跟不上他們的速度，只能旁觀進展。

哪個班的委員要負責什麼工作，選定競技項目等等，要決定的事情堆積如山。雖然不可能今天就全部決定好，但有很多事情必須在暑假前決定好，所以下午的會議想必也會討論得如火如荼吧。

「我們是沒有經驗的人，也不可能突然要求我們提案，只能安靜地聽有經驗的人發表意見了吧。」

遠山從第一天起就決定要配合其他人。

「他們也在說各班級委員的工作分攤會在今天決定好哦。」

「咦？有說過那種事嗎？」

上原會向遠山確認，似乎是因為她也不記得。

「遠山……雖然你睜著眼，但難道是睡著了？」

「我沒有印象，應該是睡著了吧……」

「下午你可要保持清醒哦？要是漏聽內容可是很羞恥的。」
上原對著光明正大睡著的遠山露出受不了的表情。
「那為了下午我稍微補個眠，請妳時間到了叫我。」
「好，我知道了……遠山，要睡在我的大腿上嗎？」
上原像在跟遠山開玩笑般地，拍了拍自己的大腿。
「真的嗎？那可幫了大忙啊。」
知道上原在開玩笑，遠山沒有露出狼狽的神色，反而以平靜的態度展現從容。
「我、我開玩笑的。」
「原來是開玩笑啊……真可惜。」
「遠、遠山很想要的話……大腿也可以讓你躺哦？」
「好好，我睡了。」
——這麼說起來，今天好像是高井和她打工的前輩去看電影的日子……現在，他們應該在一起吧……？
趴在桌子上的遠山在因睡意而意識朦朧時，想起了高井。
——感覺好討厭哪……
在逐漸渙散的意識中，遠山邊思考著這件事，邊陷入了深沉的睡眠之中。
「真是的……難得我想讓你睡在大腿上耶……遠山，好好睡吧。」

上原看顧著熟睡中的遠山直到午休結束。

午休結束後，會議重新開始。下午的議題是討論各班的工作分攤，決定好上原和遠山要負責管理體育祭中會使用到的設備。

決定好負責的工作之後，今天的會議就結束了，各班級的委員獲得釋放。

「呼啊……終於結束了……」

走出會議室的遠山，邊打了個大大的呵欠，邊把雙手往上舉，伸展筋骨。

「遠山，看來下午你沒睡著呢，很棒哦。」

「因為午休有稍微睡一下。光睡那一下差異就很大了。」

「下次你要好好睡飽來開會哦。我一直在監視遠山你有沒有睡著，很辛苦耶。」

下午的會議中，每隔幾分鐘上原就會對遠山說話，拜此所賜他才沒有睡著。

「上原同學，抱歉。下次我會注意的。」

「因為睡著了所以沒聽到宣布事項，要是這樣說會很羞恥耶。」

「我會銘記在心……」

睡眠不足的原因是出於個人私事，所以這不能當成藉口。

「那差不多該回去了吧。」

「對呢，待在學校也沒事了。」

遠山和上原為了拿東西而回到教室。

「啊，遠山，路上要不要去喝個茶再回家？」

「嗯……也對呢……順道去哪裡喝茶吧。」

遠山稍微猶豫之後，決定答應上原的提議。

「好！到車站前喝杯茶吧！」

上原大概是相當開心吧，她的表情一下子明朗起來，浮現滿面笑容。

兩人從學校移動到車站的期間，上原開心地找遠山聊天。

「然後，美香她啊——」

一直單方面地找遠山聊天的上原在中途停下談話，她面向心不在焉，表現異常的遠山。

「遠山你怎麼了？心不在焉的……你還睏嗎？」

她感覺遠山的心不在這裡。

「啊、對啊……應該還有點不清醒吧……那，上原同學妳剛剛說什麼？」

「都只是我單方面地找你說話而已，遠山你不用在意啦。」

之後繼續走向車站的兩人沒有再交談。

遠山似乎是在想著別的事情，上原如此感覺到。兩人直到到達車站為止，始終都沒有說話。

「那麼，在這附近找間咖啡廳進去吧？」
穿越過住宅區後靠近車站的這一帶，商店零零散散地增加了起來，上原對遠山說道。
「遠山……？」
遠山沒有反應，讓上原面露疑惑地看向他。
「……上原同學……我想到我還有事，今天要先回去了。真是抱歉了。」
「咦……？」
連上原的回答都沒有聽，遠山就背對她，打算前往車站。
「不要！遠山不要走……」
上原用力抓住打算離去的遠山的手臂，讓他停下腳步。
「上原同學……」
「遠山……你打算要去高井同學的身邊對吧……？」
「妳怎麼會知道……」
遠山的樣子從中途開始就變得奇怪，是因為他在想著高井，上原早就發現了。
「之前我偷偷躲起來，聽見遠山和高井同學在走廊的談話了……」
——被上原同學給聽見了？
遠山後悔自己的粗心大意卻為時已晚，被上原聽見會讓她更加懷疑自己和高井之間的關係的談話了。

「遠山不喜歡其他男生和高井同學在一起對吧？所以你現在打算去阻止。」

對於高井，他並沒有阻止她和其他男人出遊的資格，遠山雖然嘴上這麼說，但卻不是他的真心話。其實他不喜歡，所以內心某個角落總是被這件事給牽掛著。

「不過……沒關係的。高井同學不會和其他男生兩人單獨出遊的。我知道的……所以……（因為高井同學的眼中只有你。）」

上原眼中蓄著淚水，一邊斷斷續續地說著，拚命地想要挽留遠山。

「所以……請你別去……現在請你只看著我……」

上原抓住遠山手臂的雙手力道增強，讓遠山感受到她絕對不希望他離開的意志。

「我知道了……我不去了。所以……請妳別哭。」

「嗚嗚……嗚……」

聽見遠山說出這句話，上原像是再也無法忍耐般地，讓蓄積在眼眶的淚水奔流出來。

遠山毫不忌憚在繁華街道中被人注視，將上原拉近，無言地緊抱著她。

「遠山……」

到底他緊抱住上原多久的時間呢？恐怕不到三十秒吧。大概是冷靜下來了，上原的眼淚終於止住了。

「上原同學，今天就先回家吧。我會就這樣直接回家的。」

放開剛剛還緊緊擁著的上原，遠山這麼對她說道。

遠山認為現在彼此的心情都十分激動，兩個人都無法正常思考，他覺得應該要暫時分開好好冷靜下來，於是提議回家。

「說得對呢……今天就先回家。」

上原應該也覺得需要先整理自己的心情吧。

「我送妳到剪票口吧。」

「好……」

兩個人使用不同的交通工具，但擔心上原的遠山決定送她到車站。

「上原同學……？」

往車站踏出步伐的遠山，被上原從身後稍微碰觸了手。遠山回應她的動作，回握了她柔軟的手。

兩個人走到車站的一路上，宛如情人般地手牽手走著。遠山對著在剪票口眷戀不捨的上原說該回去了，並目送她離開。

「那麼……我也回去先睡個覺吧……」

上原柔軟的手的觸感與溫暖，依然殘留在遠山的掌心中。

◆

我現在和青木先生與藤森學姊三個人一起看完電影，正準備搭車回家而走在前往車站的路上。

事態為何會演變成這樣呢，這就要說到我必須對看電影做出回覆的那天。當天的休息時間，我和青木先生待在休息室時，藤森學姊突然闖進來並這麼說道：

『柚實，這個週六，要不要一起去看電影？』

藤森學姊假裝不知道我被邀請去看電影，在青木先生面前邀請我去看同一部電影。

『藤、藤森學姊……那個……其實青木先生也邀請我去看同一部電影耶……』

『啊，這樣啊？那我們三個人一起去看吧？達也，可以吧？和可愛的兩個女高中生一起去看電影，很開心對吧？』

三個人一起去的話就不用拒絕他了，青木先生的目的被達成了一半。

『也、也是可以啦……那就決定了。由我來預約時間，之後會用訊息通知妳們哦。』

青木先生雖然有一瞬間變了表情，之後卻沒有露出不開心的樣子，表現得像平常一樣的友善。由於藤森學姊的機靈和青木先生的優秀人品，我的煩惱獲得了解決。

託藤森學姊的福，我不需要拒絕青木先生的邀約，去看了電影。

由於只能預約到比較晚的播映時間，變成看完電影後就直接解散的行程。

「那麼，柚實、達也，下次打工見啦。」

在車站前我們向搭乘不同交通工具的藤森學姊道別，我和青木先生一同前往車站。

「青木先生，今天謝謝你幫忙做了預約還有其他許多事。」

「不會，雖然有些偏離了原本的預定啦。」

青木先生雖然在苦笑，但還是笑得很爽朗。

「對、對不起……」

這次我早就知道藤森學姊的行動，稍微有種過意不去的感覺。

「不，高井妳沒有錯，不必道歉哦。」

就算事情變成這樣，青木先生也不曾露出不開心的表情，他真的人很好呢，所以才更讓我產生罪惡感。

「可是……」

「雖然偏離了預定，不過像這樣最後能夠兩人獨處，倒是跟我預想的一樣呢。」

「那是什麼意思……？」

——雖然偏離了預定，卻跟預想的一樣？

不明白他說的是什麼意思，我面向青木先生。

「高井同學，那個……妳願意和我交往嗎？」

「咦……？」

——他說交往……意思是指男女之間的交往嗎……？

沒有任何鋪陳就被這麼問，我花了一點時間才理解他的意思。

「青、青木先生……那是什麼意思……」

「就是字面上的意思，是問妳願不願意和我交往。」

——這是告白嗎？

「可、可是，我跟青木先生才剛認識……」

「其實……高井同學還是客人的時候，我就覺得妳很好哦。然後藉著打工一起工作之後，我得以接觸到妳的為人，於是更加喜歡妳了。」

「怎、怎麼會……我這種人……」

我至今能仍未對佑希說過喜歡他。所以當青木先生這麼乾脆地向我告白時，我無法隱藏我的驚訝，心想這是這麼簡單的事情嗎？

「啊，我絕不是用輕浮的態度這麼說的哦，只有這點請妳一定要了解。我只是不想把戀愛想得太難而已。喜歡就是喜歡。打定主意要做的話，就要立刻行動，不然會被別人搶先一步的。」

青木先生的這番話刺痛了我的胸口。在我猶豫不決的期間，上原同學開始進駐了佑希的心。現在這種情況，有某種程度必須歸咎於我的拖拖拉拉。

「那妳……覺得如何？我不會要求妳立刻回覆我，可以請妳思考一下回覆嗎？」

不論經過多久，我的答案只有一個。就像青木先生說的一樣，拖延是沒有意義的。

「青木先生……對不起。」

所以我立刻回答他。

「……是嗎……我可以聽聽理由嗎？」

青木先生雖然露出了有些悲傷的表情，但他迅速地回復原本的表情並詢問理由。

「我有……喜歡的人，所以我沒辦法和青木先生交往。」

「是嗎……妳還沒跟那位喜歡的人交往嗎？」

「……是的，還沒有交往。」

「這樣的話……我應該還有機會吧？嗯，這樣就足夠了哦。」

「真的很對不起……」

「不，高井同學妳不必道歉哦。這是我強加我的心意給妳。我突然說這種話讓妳困擾了，抱歉。」

「不會，沒那回事……」

「那麼今天就在這裡道別吧。別看我這樣，被甩多少還是有些受傷的，我稍微在車站前四處晃晃，讓心情平靜下來再回家。」

「……」

甩掉青木先生的我無法說出任何回答。

「下次見面時，我不會要求妳要忘掉今天的事，但還是請妳別在意，像平常一樣對待我就行。我也會這麼做的。」

「好，我明白了。接下來我也想和青木先生好好相處。」

「嗯，妳這麼說讓我很開心哦……那妳回家路上小心。」

這麼說完，青木先生笑著離開了。雖說如此，他自己也說他受傷了，想到他是硬擠出笑容來的，我就感到有些心痛。

——希望每個人都不要受傷，是不可能的……

我說不定會害別人受傷，自己也說不定會受傷。我能做好這種覺悟嗎……？

梅雨季還沒有結束就進入了七月，遠山就讀的高中迎來期末考的第一天。

三天的考試期間要考九個科目。當然，要是不及格的話，暑假就要重修和補考。

無視到考試前都在重新翻看參考書，以及讀到最後一刻的同學們，遠山面對上原和沖田，興致十足地聊著天。

「這次有好好念書嗎？佑希你總是到快要來不及時，才開始念書，我好擔心啊。」

沖田似乎很擔心地看向遠山。

「這次應該也沒問題吧？我已經盡人事了。」

「佑希你明明想讀書就能讀得好，卻總是低空飛過及格線呢。要是再努力一點，排名就能更往前的說。」

就像沖田說的，遠山的成績不是特別好。他的成績在班上排名中段，在學年則排名在中後段，算是普通。

「千尋，你那是高估我了，我的實力就只有這樣而已哦。」

「是那樣嗎……」

遠山的自我評價並沒有很低，感覺他只是控制著自己的努力程度而已。

「我覺得遠山的確沒有拿出真本事呢。」

上原和沖田似乎有著同樣的想法。

「這麼說的上原同學成績很好耶。妳總是在班上名列前茅，學年排名也是相當優秀。」

容姿端正秀麗，成績優秀，在班上人緣又好等等，她太過完美，是耀眼到令遠山無法直視的存在。

「因為我父母親對成績的要求很嚴格啦。要是成績下滑的話，門禁就會提早，或是要我去上補習班，我只能加油。」

為了避免那些麻煩事，努力讀書是個聰明的選擇。

「我父母在這方面就相當隨便了。感覺只要我考試及格就好，不曾想過要我努力讀書名列前茅呢。」

在某種程度上，家長給予的限制和壓力是必要的。

「從這點來看，千尋你很厲害耶。」

沖田從一年級開始，總是位於學年排名前幾名。加上他品行優良，是個模範優等生。

「因為我喜歡讀書啊。」

「喜歡讀書這種事，實在難以想像啊。」

遠山不可置信地苦笑著。

「就像佑希你喜歡看書一樣，我喜歡的是讀書這件事。」
「千尋你這麼說的話，很有說服力耶……」
「的確，做喜歡的事就不會覺得辛苦呢。」
上原似乎也對沖田的話感到信服。
「那麼要開始開班會了，請大家回到座位上。」
班導宮本老師進入了考試前夕比往常還要安靜的教室。
「那就考試加油嘍。」
上原對兩人說出加油的話，便回到了自己的座位上。
班會結束後，期末考就開始了。遠山因為面臨期末考而感到緊張，莫名地在意起高井，於是他將視線轉向她的座位。
高井沒有在看平常看的小說，而是翻開筆記本將注意力集中在上面，因此她沒有注意到遠山的視線。
——真難得呢……高井明明總是到考試前都還在看小說的。
高井說不定對這次的考試沒有把握呢。
上午考完三個科目後，今天的考試就結束了。
中午前學校就會放學，下午是自由活動，但應該沒有學生會去玩吧。
遠山看見正準備要回家的高井，因為在意她考試考得如何而向她搭話。

「高井，妳考試考得怎麼樣？」

「嗯，還好吧。」

這個回答有點不置可否，高井沒有對考試結果表示考得好還是考不好。所以問了也沒有用，但他又沒辦法忍住不問，剛考完試的高中生都是這樣。

「可是，高井妳到考試前的最後一刻好像都還在打工，讀書方面沒問題嗎？」

沒錯，高井到考試開始前兩天為止都在打工。

「……沒問題。我有先想清楚才去、打工的。」

雖然她說沒問題，但遠山感覺到她說話有點結巴。

「是嗎……那就好，不過考試期間妳的打工有先請假吧？」

「到考完為止都會請假，佑希你不用擔心也沒問題的。」

「這樣啊……那明天也加油哦。」

「好……佑希你也加油，明天見。」

高井從座位上起身，往教室的出口走去。在遠山眼中看來，高井的背影沒什麼精神。

◇

考試期間，雨也一直下著，三天的考試順利結束後，遠山趴到桌上大叫：

「考完啦——！」

考試結束後歡喜的喊叫聲響徹整間教室。

「佑希，辛苦你了。」

坐在前座的沖田回過頭來，神情自若地慰勞遠山。

「考試終於結束了，但千尋你的臉色絲毫沒變耶。」

教室中的學生們正用全身來表達喜悅之情，唯有沖田表現得像是平常上課剛結束一樣。

「我也因為考試結束而鬆了一口氣哦。」

雖然沖田看起來游刃有餘，但應該還是有他自己的壓力在吧。

「遠山，你考得怎麼樣？」

上原跑過來遠山的座位旁，說出考完試後一定會說的台詞。

「考得……跟往常一樣！請妳不要問了。」

從他自己的手感來看，成績不會有和往常不同的表現，也就是「應該沒問題」的程度。

「上原妳這麼問我，那妳考得怎麼樣呢？」

「嗯……考得應該不壞吧？的感覺。」

上原也應該是「和往常一樣地考好了」吧。

「上原同學妳總是很努力，這次肯定也沒問題的。」

沖田滿面笑容地稱讚有好好努力過的上原。

「只是這次應該也贏不過沖田你吧。」
「沒那回事啦。沒有看到結果以前是不會知道的。」
那種名列前茅的人才能進行的對話，遠山無法加入。
「沒錯沒錯，接下來我要和美香一起去唱ＫＴＶ，遠山和沖田也來吧？」
ＫＴＶ是考完試的學生必備的行程。
「我沒什麼錢，如果不是唱太久的話我還可以，千尋呢？」
遠山在金錢上不太充裕。但還是以想去玩的心情為優先，之後的事他沒有考慮。
「嗯，我也沒問題哦。」
「那麼兩位就確定嘍。我也去問問高井同學。」
「啊，高井由我去問吧。」
當上原正要走向高井身邊時，被遠山阻止了。
「那就交給你啦。我也去問問奧山同學和理繪。」
最近他們也經常和奧山與小嶋這對情侶在放學後一起去玩。
「高井，上原同學說要去唱ＫＴＶ，妳要去嗎？」
遠山向正在準備回家的高井問道。
「對不起，我等一下要去打工。」
「咦？妳今天就要去打工了嗎？」

她連考試最後一天都排了打工，讓遠山無法隱藏驚訝。

「打工有那麼開心嗎？」

「對，打工的前輩人很溫柔，能被書本包圍也很開心哦。」

聽到高井提到前輩，讓遠山感到有點心痛。

「高井……妳之前說過妳和打工的前輩一起去看電影……」

遠山一直很在意打工地點的大學生前輩邀她去約會這件事。從走廊的事件以來他們都沒有再說起這件事，所以遠山不知道高井後來怎麼樣了。

「佑希……電影是連同打工地點的另一個女生三個人一起去看的。」

「是嗎……太好了……」

從高井的口中聽到這件事，遠山鬆了一口氣。

看見他的表情，高井感覺心情變得有些開心。

——他應該……是在嫉妒吧……？

高井打從心底希望就是她想的這樣。

「那時間快來不及了，我走了哦。」

「啊、好，那明天見。」

高井沒有和其他男人兩人單獨出遊，讓他感到開心，但他也對自己的嫉妒心感到可恥。

——我明明沒有那種資格的。

遠山既喜悅又嫉妒，心情十分複雜。

◆

期末考結束後，過了一週的某個夜晚，我和母親在客廳的桌子旁面對面坐著。我和幾乎沒有一起用餐過的母親，已經很久不曾像這樣交談了。

「柚實，妳的班導宮本老師有跟我聯絡，她說妳有兩個科目不及格哦？」

在我的高中，分數低於各科目平均分數的60％以下時，會算作不及格，一旦有兩個科目不及格的話，就會聯絡監護人。

我本來就不擅長的數學A和化學這兩個科目不及格了。

「媽媽，對不起……」

「理由妳自己知道嗎？自從妳開始打工之後，回來的時間變晚，導致讀書時間減少才造成的，我說得沒錯吧？」

媽媽指摘的理由是正確的。但是，更根本的是我開始打工的理由。一開始我之所以會去打工是想要錢。而想要錢的理由是，我想跟佑希一起玩才需要錢。我也覺得自己因為這種理由考不及格很丟人，可是這對我來說是很重要的事。

「對，妳說得沒錯……」

因為我見不到我的心靈支柱佑希，所以不管有沒有打工，我說不定都沒有心思讀書。我就是這麼依賴佑希。

「唉……對我來說……不管柚實妳去打工也好，或是交了男朋友把他叫來家裡也罷，我都不覺得那些是壞事。能夠多累積各種經驗是好事，我想到自己的高中生時代也能明白。」

「不過呢，」媽媽繼續說道。

「因為這些事情而怠慢讀書是不行的。雖然從旁觀者角度來看，我可能像是採取放任主義，不過，我一直都是為了女兒的未來在著想的，我希望妳夠變得幸福。」

媽媽說不定是第一次對我說這些話。

「所以如果妳的在校成績不好，我會罵；如果妳擅自外宿的話，我會生氣，也會擔心的。」

「要是這樣……要是這樣的話！妳應該早一點跟我說的！妳什麼都不說，我不會懂啊……我一直以為妳對我沒有任何期待。所以我從以前到現在都想著至少不要給媽媽添麻煩……妳到現在才跟我說這些，我不懂啊……」

我一直都不曉得媽媽的想法，就這樣度過了初中和高中的時光，直到媽媽說出了她全部想法的此時此刻為止。

「對不起……我以為即使我不說，柚實妳也能理解我。說不定是因為伶奈之前沒問題，我才覺得柚實妳也會沒問題的。可是……柚實妳不是伶奈……柚實對不起，媽媽讓妳感到寂寞了……對不起哦……」

媽媽對我說了好幾次對不起。

不會被誇獎，也不會被責備，我扼殺了情感，淡漠地過著生活。與佑希相遇之後，我懷抱著各種感情，現在才有活著的滋味。時而開心，時而哀傷，時而嫉妒。佑希幫我開啟了心扉，再也無法關上。往後從這道已被開啟的心扉中，應該還會有各種感情滿溢而出吧。

此時此刻，我的心中也滿溢著各種感情。一直被壓抑著的感情一口氣噴湧而出，我不知該如何是好。

「不會的……我也一直沒能理解媽媽妳的心情，對不起……」

「柚實妳完全不需要道歉哦，全部都是我的錯，要是我多跟柚實聊聊就好了。不過……幸好現在我能夠了解柚實妳的心情了……所以，往後我們兩個人多聊聊吧。」

這次我會考不及格是自作自受。我軟弱的心依賴著佑希，招致了這種後果。

「……媽媽，妳聽我說，暑假開始後立刻就有一週的重修，只要通過重修後的補考，就能打消這次的不及格。所以……在那之前我打算暫停打工，把門禁設在晚上六點，好好專心讀書。」

我必須自行負起考不及格的責任，所以必須讓媽媽看到我的覺悟。

「是嗎……既然是柚實妳自己的決定，那我支持妳。我會跟伶奈說要她盡量負擔家務的。」

「家務我會像往常一樣做好。姊姊她要找工作應該很忙，不能只讓我一個人輕鬆。」

「……我知道了，既然妳決意如此，那就這麼辦吧，我會從旁守護妳的。不過……要是覺得難受了，隨時都可以跟我說……我已經不想再後悔一次了。」

「謝謝媽媽。我已經……不會再忍耐了哦。」

由於我考了不及格，才能得知媽媽的心意。雖然世上有許多難受和悲傷的事，但思考那些事的意義是很重要的，我深刻地體會到。

◇

放學後，圖書委員的業務告一段落，遠山正在將還回來的書做歸架作業。

「佑希，我有話要說。我希望你可以一邊作業一邊聽我說，我也會幫忙歸架的。」

剛剛還坐在老位子上的高井，趁著遠山有空的時機向他說道。

「好，我知道了。」

自從在走廊聽她說被邀請去看電影的那件事以來，他們都沒機會好好談過，這是因為彼此都覺得尷尬的關係。

「我……期末考有兩科考不及格。」

「咦！高井妳考不及格？怎麼可能啊……」

高井是成績優秀的學生，如果是遠山就算了，她竟然會考不及格，太令人意外了。

「對，雖然很可恥，但我太拚命打工了……」

「所以代表打工真的讓妳那麼開心嗎？」

「沒錯……自從開始打工後，我發現原來這樣的自己也能派上用場……雖然只是自我滿足……但那對我來說十分重要……所以……好像沒辦法表達得很清楚……」

高井雖然說得斷斷續續的，但還是持續表達自己的想法。

「然而當我意識到時，自己已經熱衷於打工之中，即使想著不讀書不行，但直到考試日期近在眼前，我還是持續打工沒有休息，結果就變成這樣了。」

「是嗎……雖然說考不及格是不行的，但能夠有熱衷的事情，我覺得很好。」

「因為有兩科不及格，所以學校也聯絡了家長。昨天我和媽媽敞開心胸好好談過，至今為止我以為她對我漠不關心原來是誤解，我明白到原來她一直從旁守護著我。」

高井以前曾經說過她的家人不關心她。

「所以我決定往後都要好好地把話說開來。」

「高井，這不是很好嗎。從以前到現在妳一直為這件事感到煩惱吧？」

這樣一來，高井就減少了一個依賴遠山的理由。雖然她和她母親之間的對立已經解除了，是件值得高興的事，但遠山也感到有些寂寞。

「對，所以昨天也決定了。直到補考結束為止，我都會停止打工，門禁改成晚上六點，所以暫時有一段時間我不能和大家一起玩了。」

「不，我覺得這樣很好啊。高中並不是義務教育，需要自己負責，這種程度的限制我覺得是必要的哦。」

「嗯。」

「我會跟大家說的。啊……考不及格這件事還是當成祕密比較好吧？」

「不用，不管怎樣到最後還是會被知道的，所以沒關係。你跟大家講也無妨。」

「我明白了，那我會再跟大家說。要是有我可以幫得上忙的地方，妳儘管說哦。」

「好，謝謝你。」

「高井，加油哦。」

——已經是暑假了，這樣暫時就沒辦法見到高井了……真寂寞哪。

無法見面的期間雖然很短，但遠山還是不由得地感到一絲寂寞。

放學後，雖然遠山總是在圖書室做著圖書委員的工作，但今天的他身穿體育服，而上原穿著體育短褲配上運動外套，兩人一起走向備用體育用具倉庫。

「這還是我第一次進來備用體育用具倉庫呢。」

這個倉庫是用來保管平常不會用到的體育用具。遠山和上原擔任體育祭執行委員會的備用品負責人，為了清點備用品而踏進倉庫裡。

「灰塵真多呢。」

一進到倉庫裡，一股封閉的倉庫特有的味道讓上原皺起了眉頭。

倉庫中瀰漫著衣服長時間沒有曬乾就被放到衣櫥中的臭味。

「稍微通風一下吧。」

「好，不然沒辦法長時間待在這裡呢。」

上原按下牆上的換氣窗開關。

「幸好今天還滿涼爽的。假如七月待在這種沒有空調的倉庫，可是會把人熱暈的。」

遠山穿著短袖體育服，但上原不知為何卻是穿著長袖運動外套。

「上原同學，妳為什麼穿運動外套呢？妳的體育服呢？」

「今天沒有體育課，我忘記帶體育服了。置物櫃裡只放著運動外套。」

「可是很熱吧。」

這天氣適合穿短袖，穿運動外套的話肯定很熱吧。遠山稍微有點為她擔心。

「附帶一提，運動外套下我什麼都沒穿哦。」

——裸、裸體……是嗎？

遠山忍不住想像了上原高高隆起的運動外套底下的樣貌。

「呃、不……不用跟我說那種情報吧？」

「啊，不過當然有穿胸罩啦。除此之外都沒穿……啊，遠山？你剛剛做了色色的想像了對吧？」

「我、我才沒有！」

他確實有一瞬間做了那種想像，但當然不能承認。

「但你臉很紅，還從我身上移開視線耶。」

「那、那是因為有點熱，臉才變紅的……說這種話的上原同學妳的臉也很紅啊？」

靠坐在裝著籃球的籃子上的上原，雙頰微微泛紅。

「有、有嗎？我也有點熱……」

上原的臉更紅了，她將手放到運動外套的拉鍊上。

「上、上原同學！妳、妳在做什麼啊？」
上原開始把運動外套的拉鍊往下拉，嚇得遠山為了不要看而將眼睛轉開。
「遠山你也是男生呢。假裝把眼睛轉開，卻還是偷偷看著我對吧？可以讓你看更多喲……？」
從拉鍊之間可以窺見充滿成熟女人味的紫色胸罩。更將拉鍊往下拉的話，被壓制在運動外套下的上原巨大的胸部充滿彈性地搖晃著，那對壯麗的雙峰暴露在遠山的面前。
——不、不管怎麼說，上原同學都做得太過火了。就算是再怎麼人煙稀少的倉庫，這種事還是不能做的。
「上、上原同學妳把前面遮起來！這裡可是學校喔！妳到底是怎麼了啊？」
「遠山……這間倉庫很少有人來，沒關係的……」
「不、不是那個問題——」
上原從她靠坐著的籃球籃子站起身來，抱住遠山，將他推倒在堆積在他身後的軟墊上。
「嗚、嗚哇！」
遠山被推倒，身體依靠在堆得高高的軟墊上，上原貼附上來。
「遠山……你再多看點……」
運動外套的拉鍊被往下拉，她的胸口大幅地敞開，在胸罩的擠壓之下巨大的胸部擠出乳溝，在遠山眼前一覽無遺。

穿著長袖的上原大概是稍微出汗了，她的胸口散發出甜美的香味，刺激著遠山的大腦。

「遠山……你想摸嗎？可以摸哦……」

上原像是在挑逗著遠山一般，將自己的胸部壓在遠山的胸膛上。

遠山拚命地和理智戰鬥著，但緊壓上來的柔軟胸部觸感，與上原甜美的香味讓他乾脆地折服。

「啊……」

輸給誘惑的遠山隔著胸罩觸摸上原的胸部。

——好、好大的分量啊……而且好柔軟……

那種壓倒性的巨大分量與柔軟度讓他為之傾倒。

——我、我想再多摸一些！

遠山無法忍耐地將手探入胸罩之中，手指摸到了尖端的突起。

「啊啊……遠、遠山……那、那裡不行啦……」

上原胸部的柔軟與香味，在在刺激著遠山，讓他理性全失。

「遠、遠山！」

上原迅速地抓住更進一步地伸到她下半身的遠山的手。

「抱、抱歉！我得寸進尺了，抱歉。」

伸到她下半身的手被抓住，讓遠山恢復了理智，他慌張地將伸進胸罩中的另一隻手抽回來。

「你、你再溫柔一點……還有今天下面不可以……」

太過興奮導致動作變得有點粗暴的遠山感到了後悔。

她說了「今天」，可能今天是女性特有的那種日子，所以她才不想被觸摸。

「上原同學……我們停手吧，真的不能做這種事。」

雖然失去理智的自己沒有資格說這種話，但是不能再繼續這樣下去。

「遠山……」

壓在遠山身上的上原，再次將身體貼近。上原的身體泛著紅潮，那雙濕潤的眼睛看起來就像在渴求著什麼一樣。

緊抱著遠山的手臂用力一緊，上原靜靜地閉上眼。

「嗯……」

近在遠山眼前，看起來很柔軟的上原的嘴唇，輕輕地與自己的唇疊合。

「嗯嗯……」

環繞在遠山背後的上原手臂加諸了力氣。

「噗啊……我們終於接吻了呢……嘿嘿。」

上原臉上浮現恍惚的神情，再次將自己的唇疊到遠山的唇上。

就這樣，直到遠山與上原回過神為止，重複了好幾次的親吻。

「差不多該工作了……」

完全忘記目的的兩人大概是平靜下來了，開始稍微能夠冷靜思考。

「對……要是不趕緊做完的話，說不定會有人來確認呢。」

從被她壓住的遠山身上離開，上原一起身就整理起凌亂的運動外套，並環顧四周。

「數量相當多呢……接下來不快點做的話，可能會趕不上在時間內完成。」

環視周遭的備用品，數量相當多，看見倉庫內的備品數量後，上原表現出危機意識，而遠山看見那些數量之後，也是和上原一樣的想法。

「那麼，請上原同學幫我唸清單，由我來清點數量吧。」

「好，我知道了！」

就這樣，想起原本目的的兩人，同心協力開始作業。

遠山和上原總算是在時間內把備用品確認完畢了。

「終於結束了！」

「上原同學辛苦妳了，我們總算趕上了呢。」

「都是多虧遠山的努力哦。」

遠山由於要抬起與搬動備用品，一直勞動身體而滿身大汗。

「我只要唸出清單內容和記錄數量而已，努力工作的是遠山哦。等等我請你喝飲料吧。」

「啊，我流了好多汗，喉嚨好乾。」

遠山用帶來的毛巾擦拭額頭的汗。

「那麼把倉庫關好就差不多該回去了。」

遠山邁步走向倉庫的出口。

「上原同學……？」

可是，上原對此沒有反應。遠山回頭一看，發現她正用認真的神情凝視著遠山。

「遠山……我們剛剛接吻了對吧……？」

「對……接吻了。」

遠山對於親了她這件事並不後悔。那時他是打從心底覺得上原很惹人憐愛，才親了她的。

「這是……我的初吻哦……幸好對象是遠山……」

「遠山你呢？我是初——啊……沒事……對不起，問了奇怪的問題。抱歉哦，請你忘掉剛剛的話。」

他感覺上原的情緒突然有些不穩定。

「遠山……你再親我一次。」

上原再次要求親吻。

「嗯……」

遠山給她一個像是輕輕碰觸般的吻。

「呵呵，我們又親吻了呢。」

上原大概是太開心了，才會情緒不穩定吧？

「上原同學，差不多該走了。時間已經相當晚了，說不定真的會有其他委員過來確認的。」

上原感覺意猶未盡，但這樣會沒完沒了的，於是遠山以說不定會被其他人撞見為由打算讓這件事告一段落。

「好，我知道了。為了不造成遠山的困擾，我會好好表現的。」

好不容易才能離開倉庫的遠山，鎖好門之後，走向了教職員室。

「宮本老師，我們清點完備用品了。」

遠山對坐在桌子前，正集中精神工作的宮本老師說道。

「遠山同學、上原同學，辛苦你們了。備用品的數量和清單上一致嗎？」

要是哪天要用才發現數量不夠的話會很困擾的，所以必須事先確認好才行。今天遠山和上原就是被交付這項工作。

「是，有確認到數量不合的。還有一些備用品找不到，之後最好能到別間倉庫確認看看。」

「是嗎……謝謝。遠山同學、上原同學，你們都辛苦了。今天很晚了，你們兩位回家路上要小心哦。」

「好的，那就先告辭了。」

「宮本老師，告辭了。」

將鑰匙交給宮本老師之後，遠山和上原離開了教職員室。

「那麼，我們換好衣服就回去吧。滿身大汗感覺很不舒服啊。」

遠山由於整理備用品流了相當多的汗，雖然他想沖個澡，但可惜學校沒有淋浴間。

「好，我也感覺不舒服，想換衣服，那換完衣服後在教室集合吧。」

「知道了。」

兩人往各自的更衣室走去。

在男生的更衣室裡，遠山用爽身濕巾一邊擦拭身體，一邊回想著在體育倉庫發生的事。

——上原同學她非常的柔軟，而且味道好好聞啊……我超興奮的。

遠山因為太過興奮，內褲稍微被尿道球腺液弄髒了。

——可是，真的親了呢……那種狀況下很難拒絕……這麼說是藉口吧……不能把這種話當成正當化的理由啊。

最後還是輸給慾望的遠山，再次親身感受到上原的魅力。

「內褲髒掉了……幸好有帶換穿的來……」

因為和遠山接吻而產生感覺的上原，內褲被陰道分泌液弄髒了。

——和遠山接吻……太來勁了……我的大腦像是要融化了般，充斥著愉悅的幸福感。

上原不斷回想起接吻的事，含羞帶怯地摩擦著兩條大腿。

「啊啊……可不能再把內褲弄髒了……」

上原由於初次經驗而稍微有些混亂。雖然她剛才做出那麼大膽的行為，但她卻覺得等等回到教室面對遠山的臉時會很羞恥。

上原回到教室後，已經先換好衣服的遠山正趴在桌面上。

「遠山，久等——咦，在睡覺嗎？」

靠近遠山之後，上原在他耳邊輕聲問道，但他沒有反應。看來似乎是完全睡熟了。

「他搬動那麼大的備用品，很消耗體力呢，他大概累了吧。」

上原坐在遠山前方座位把身體往後轉，盯著遠山睡著的側臉看。

和遠山親吻是她夢寐以求的。上原內心再次湧現「我竟然做了這麼大膽的事」的羞恥感。每天都在學校見面，也約過會；挽過手，也牽過手。所以她已經到達忍耐的極限了。追求喜歡的對象是天經地義的事，所以上原不覺得後悔。接下來不管遭遇怎麼樣的困難，她都完全不打算放棄。

「遠山，我好喜歡你。」

上原在遠山耳邊小聲喃喃說道。

「你應該聽不到吧……」

其實是希望他能聽見的，她有些害羞地做了個鬼臉。

當遠山醒過來時，上原已經在同一張桌子上側著臉睡著了。

「咦……上原同學睡著了……？」

——我們兩個人都不小心睡著了嗎？

確認時鐘，遠山僅僅睡了十分鐘，所以上原睡著之後應該也才沒過多久吧？

——要叫醒她嗎？

他們兩個不能像這樣一直待在教室裡。

「上原同——」

當遠山打算叫醒她而出聲的那瞬間，上原形狀優美的唇稍微開啟了。

「遠山……」

上原在睡夢中小聲地說出遠山的姓名。

——她到底是做了什麼樣的夢呢？

被叫出自己的名字，遠山感覺心情有些害羞。

——再讓她睡一下吧。

遠山想再多看一下上原可愛的睡臉，於是稍微延後了回家的時間。

「上原同學起來了。」

距遠山醒來已經過了十分鐘，為了喚醒上原而叫了她。

「上原同學。」

「……嗯……遠山……？」

上原微微睜開了眼。

「該回家了哦。」

「咦……？難道我……睡著了？」

「對，大概睡了十分鐘吧？」

「原來如此……我……有說什麼奇怪的話嗎……？」

大概還記得自己作了夢，她向遠山問道。

「沒、沒有，我記得妳沒有說什麼話哦。」

——其實有說夢話，但還是保持沉默吧。

「是嗎……現在幾點……？」
看來上原似乎睡昏了頭，意識沒有很清楚。
「呃……快要六點了哦。」
「……六點？已經這麼晚了嗎……不趕快回家不行呢。」
「對，差不多應該快要被趕出教室了，在事情變得麻煩前出去吧。」
「好，在那之前我去一下廁所。」
大概是要整理服儀吧，上原去了廁所。

「遠山同學？你怎麼還在？」
應該是來巡邏的宮本老師往教室裡探出了頭。
「對不起，我不小心稍微睡著了。」
「到了六點就要離開教室哦。」
「現在上原同學去了廁所，我可以等她一下嗎？」
「那就沒辦法了呢，等上原同學回來之後，要馬上回家哦。」
「好，我明白了。」
宮本老師告誡了這句話後便離開了教室。
「遠山，久等了。」

「剛剛宮本老師說要我們趕快回家，走吧。」
「抱歉，害你被罵了嗎？」
感覺很過意不去的上原，將雙手在面前合十。
「沒有，我沒事，只是被告誡而已。」
「那就好。」
兩人急忙地走出教室，在鞋櫃區換好室外鞋之後，就離開了學校。
離開學校之後，稍微走一段路到達丁字路口，遠山和上原回家的方向就不同了，今天要在此道別。
「上原同學，那麼今天辛苦妳了，明天見。」
「嗯……」
上原似乎有些沒有精神，應該是還殘存些睡意吧？
「上原同學，妳怎麼了？」
「今天好開心呢……而且感覺非常美妙……」
應該是親吻的餘韻還殘留在身體中，上原以炙熱的視線看著遠山。
初嘗戀愛的上原對於情緒的轉換，似乎還不是很流暢。
關於這一點，遠山早已習慣了，所以轉換速度也很快。

「妳說得對……能夠和妳在一起我很開心哦。」

「我說……遠山……你再親我一次。」

上原大概是完全成為遠山的俘虜了，她變得不在意身在何處，也不在意他人目光地尋求著遠山了。

「上、上原同學，這裡可是學校附近哦。不知道會被誰給看到……」

「不行嗎……？」

上原濕潤雙眼，抬眼看著他並懇求著。看見她那樣的表情，遠山也覺得很難拒絕，但他還是狠下心拒絕了她。

「等下次兩人單獨相處時……好嗎。」

明知不能說出這種讓她期待的話，但他無法冷淡對待上原的好感。

「好……我知道了……一定哦，我們約好了哦。」

上原雖然不情願但還是接受了。

「好，我和妳約定。所以今天就回家吧。」

遠山和上原兩個人就這樣逐漸陷進了泥沼之中。

「那遠山再見，路上小心哦。」

「上原同學妳也路上小心。」

然後兩人往相反方向走去。

「呼……她終於願意回家了……」

遠山一邊往回家路上走，一邊不斷擔心著上原往後會不會失控。

與梅雨宣告結束的同時，遠山就讀的高中直接進入了暑假。

自從升上二年級以來，發生了太多事導致心靈沒有好好休息的遠山，終於能夠一個人休閒地看書了，但沒開心多久，暑假第一天他就被高井的姊姊伶奈給叫出來，正走在前往購物中心的路上。

──為什麼暑假剛開始就這樣……我還以為可以開始看累積的書了說。

被伶奈叫出來的理由是她傳訊息來說，快接近她妹妹的生日了，要他幫忙挑選禮物。

──不過，既然她說是要挑選給高井的禮物，那就沒有理由拒絕了。我也想送她禮物，這樣也可以一起挑選。

由於也包含這種理由，遠山決定接受伶奈的邀約。

到達集合地點的車站前，遠山在人群中尋找伶奈。

──找到了！

伶奈是個美人，加上身材很好，所以相當顯眼。就算從遠方看過去也能夠立刻找到她。

「姊姊，讓妳久等了。」

伶奈身穿淺米色寬褲，配上從肩膀到袖口都能透視的白色女用上衣，腳上是一雙白色高跟涼鞋，展現簡潔的時尚穿搭。

正因為她是大學生才顯出成熟的魅力。和遠山站在一起，看來就像是美人姊姊與不起眼的弟弟吧。

「遠山同學，我等你好久了。竟然讓我這樣的美女等你，你真是個罪孽深重的男人呢。」

和之前一樣，像是在演戲般的台詞聽起來很故意。

「集合時間還沒到耶。」

一旦配合這種類型的人，她就會得寸進尺，直接且冷淡的對應才是正解。

「遠山同學你真是的，還是老樣子，不會助興呢。」

「一旦配合姊姊妳，感覺就像被控制了一樣，我不喜歡。」

「什麼控制啦，真難聽。我只是想要開心一點而已。」

「今天謝謝妳邀請我。多虧有妳，我才沒有錯過高井的生日。」

雖然對方是個難纏的人，但他今天對她的感謝之情沒有改變，在這點上必須對她表示敬意。

「遠山同學和我之間是什麼關係啊，不用在意啦。」

「姊姊妳和我之間是什麼關係？」
「你是我妹妹的男朋友，所以是像家人一樣的關係嘍。」
伶奈對她妹妹與遠山的關係理解得並不正確，所以她會這麼認為也是很正常的。
遠山對於被當成是高井的戀人而感到胸口作痛，罪惡感讓他沉默不語。
「哎呀？你不說話，你不是她的男朋友嗎？」
「不……沒、沒那種事。」
伶奈的觀察很敏銳。說不定，她早就發現遠山和高井之間不是普通戀人的關係了。
「你怎麼好像沒自信呢……不過應該有許多內情吧，我就不追問了。」
伶奈的觀察果然很敏銳。而不會追問更多這一點，也是她的優點。她確實認知到每個人都有自己的狀況，並依據此原則來與他人接觸。
「那差不多也該去買東西了。Let's go！」
——Let's go……果然我還是一樣不懂讓姊姊起勁的點耶。
「好了，遠山同學也Let's go～」
——是要我也說嗎……？
「Let、Let's go……」
——莫、莫名羞恥……
「很好，你說得很棒。」

果然，不管再怎麼抵抗，都還是會被伶奈控制。遠山覺得伶奈真是個未來不堪設想的大人物。

踏進購物中心的兩人，一邊信步閒晃著，一邊挑選高井的生日禮物。

「遠山同學你要買什麼呢？」

「關於這點我想找姊姊商量。」

說起來高井的興趣，他只知道讀書一項而已。

「那必須是你自己選的東西，柚實才會覺得開心啊。」

「我只想得到高井的興趣是看書而已……因為我沒送過女生禮物，所以不知道什麼樣的東西比較好。」

「那我就給個提示吧，攝影也是柚實的興趣哦。」

「啊！這麼說起來，以前她曾經讓我看過她的數位相機！」

雖然遠山完全忘記了，但他好像想起了什麼，拿出手機開始搜尋。

「嗯，有提示成功了嗎？」

「是的，很值得參考，謝謝妳。等等可以請妳陪我到家電量販店嗎？」

這間購物中心裡也有進駐家電量販店。

「哦哦，你決定得那麼快嗎？我都還沒決定好要送什麼耶？」

還以為伶奈姊姊早就決定好要送什麼了，原來她還沒想好。

「我還以為姊姊妳早就決定好要送什麼了。」

「這種東西還是要一邊逛街一邊決定會比較開心啊。」

「啊，我了解那種心情。」

遠山回想起陪高井和上原買東西時的情景，他知道就算不買東西，光是逛逛也會很開心。

「哦，遠山同學你了解嗎？不愧是受歡迎的男生，果然不一樣呢。」

「這、這和受不受歡迎沒關係啦。」

「沒那回事哦。只要聚在一起就會覺得開心，這點以伴侶來說是很重要的哦。你不會想要和感覺很無聊或是很煩躁的對象約會對吧。」

「確實是……」

「所以光是一起散步就能樂在其中的話，那是最棒的伴侶了啊。這一點，遠山同學和我感覺就很合拍吧？」

「等、等等啊姊姊！妳不要說那種話啦！」

伶奈挽起了遠山的手臂。

「機會難得，今天就當成在約會，開心一下吧？」

「為什麼會變成那樣啊！」

伶奈的行動一貫地超越常軌，令人無法理解。
「當成那樣的話，遠山同學也很開心吧？」
伶奈擁有能與上原匹敵的胸圍。靠在手臂上的柔軟觸感讓遠山不覺得反感……反而有些開心，這是可悲的男人本性。
「真是的……我知道了啦。」
遠山知道她不是會乖乖聽話的人，只好放棄。最後又是被迫照著伶奈的想法去做了。
遠山和伶奈維持著手挽手的姿勢，開心地逛著購物中心。遠山看來已經完全放棄，接受了這個狀況。
「那姊姊妳要買什麼當禮物呢？」
「是呢……好像沒有什麼靈光一閃的想法呢。」
逛了好幾家生活雜貨舖和時裝店，卻沒能找到伶奈能夠看上眼的物品。
「咦？是遠山和——伶奈姊姊？」
遠山突然被叫了一聲，他回頭看，站在那裡的是眼熟的雙馬尾女孩。
「相、相澤同學？」
「哎呀？這不是美香嗎，好久不見了呢。」
叫住兩人的是相澤。

「伶奈姊姊，好久不見，話說妳今天怎麼會和遠山在這裡？」

相澤對著和伶奈手挽手的遠山投以蔑視的眼神。這應該是誤會了什麼的視線。

「今天我是和遠山同學約會哦。」

「伶、伶奈姊姊，請妳不要說不負責任的話！這不是害她誤會了嗎？」

「遠山……你不管對象是誰都下手嗎……？」

不要相信她，遠山很想開口這麼說。

「遠山同學，原來你到處對女孩子出手的嗎？」

「沒、沒有啊！我怎麼可能、做那種事……？」

遠山大概是有點被說中了，他反駁得很含糊不清。

「今天我們是來買柚實的生日禮物的。」

好不容易伶奈才說出了真相，讓遠山鬆了一口氣。

「啊，原來是那樣啊。我也是來買柚實的生日禮物的。」

「哎呀，那真是巧遇呢……反正都要買，美香妳就和我們一起買吧？」

「說得也是……我明白了，那就請讓我同行吧。」

藉由相澤一起陪著買東西，遠山得以迴避和伶奈兩人單獨相處的狀況，他很感謝她。

「太好了！那就走吧。」

相澤加入買東西的行列，這三個人的組合令人覺得新鮮。

「話說……伶奈姊姊妳要挽著遠山的手到什麼時候？」
相澤向伶奈提出合乎常理的疑問。
「哎呀？美香妳也想和遠山同學手挽手嗎？」
「才、才不是！我完全不想和遠山手挽手！」
相澤斬釘截鐵地說道，遠山因此多少感到有些受傷。
「美香，看來遠山同學不是妳喜歡的類型呢。」
「嗯，是啊。」
「當面被這麼斬釘截鐵地說，多少有些打擊人耶。」
「遠山同學你真奢侈呢。不是已經有柚實和麻里花了嗎？」
伶奈那句話讓遠山和相澤都沉默了。
「哎呀？這件事是禁忌嗎？呵呵。」
伶奈明知是不能說的禁句但還是說出來了，不論遠山或相澤都知道她是故意的。她似乎是藉由他們的反應來確認某些事情。
「要是姊姊妳的禮物還沒決定好的話，可以先去買我的嗎？」
光是站在這裡聊天也解決不了事情，遠山下定決心要趕緊買完就回家。
「你說要去家電量販店是嗎？就在那裡而已，我們走吧。美香妳也可以嗎？」
「好，沒問題。」

遠山一行三人往家電量販店移動。

「那遠山你打算送柚實什麼禮物呢？」

相澤似乎對遠山打算送什麼感到在意。

「嗯，我打算送這個。」

遠山走向相機販售區。

「手腕掛繩？」

看見是數位相機用的手腕掛繩，相澤歪頭感到疑惑。相澤應該不知道高井的興趣是攝影吧。

「高井的興趣是攝影喔，之前她曾經讓我看過。」

遠山回想起以前去高井房間時的事情，向相澤說明。

「原來如此啊……我還是不了解柚實呢……」

不知道高井的興趣這件事，似乎讓相澤稍微受到了打擊。

「妳不需要那麼沮喪啦美香，我想攝影的事只有家人才知道哦。不過，妳為了柚實而感到沮喪，讓姊姊我好開心！」

這麼說完，伶奈憐愛地抱緊了相澤。

「等、等等啊，伶奈姊姊——」

身高不高的相澤被緊抱住時，她的臉正好埋在伶奈的胸部中。

「伶、伶奈姊姊，我好痛苦！」

「抱歉，美香妳太可愛了，不小心就……」

「遠、遠山！這個人是怎樣啊？」

再次認知到伶奈的距離感果然很奇怪。而相澤突然被緊抱住，面露驚慌之色。

「嗯，她就是這樣的人啊。我從剛剛開始就一直被玩弄在她的股掌之中……相澤同學妳也放棄抵抗吧。」

伶奈不知道有沒有在聽遠山說話，她嘴裡說著：「美香好小好可愛。」

「好……我知道了。我放棄……」

好不容易才被伶奈放開的相澤和遠山兩個人一起對伶奈投以蔑視的目光。

三人到處逛過各種店舖，遠山在家電量販店買了禮物，相澤似乎也決定好要送什麼，伶奈參考遠山給的意見後也買好了，所有人要買的東西都買齊了。

「這樣我們三個人都買好了，感覺也累了，就到咖啡廳休息一下吧。而且我也有話要對你們兩人說。」

伶奈少見地用認真神情提出請求，遠山和相澤沒有拒絕的餘地。

進入咖啡廳的三人被帶到座位上。

「這次由我請客，你們兩個可以點喜歡的東西哦。」

伶奈一邊把菜單遞給兩人，一邊說道。

「之前也被妳請過，多不好意思啊。這點錢我自己付就好。」

「伶奈姊姊，對啊。我有在打工所以沒關係的。」

遠山和相澤都向伶奈表示要自己付帳。

「不用啦，你們不用跟年長的人客氣哦？而且，今天你們陪我來買柚實的生日禮物，就當成這件事的謝禮。」

「既然妳這麼說……我知道了……今天就承蒙招待了。」

「對遠山同學來說，是謝謝你今天給我買禮物的建議哦。」

「伶奈姊姊，謝謝妳。」

「對美香來說，是謝謝妳平常願意和柚實交好哦。」

「不，沒那回事……我才要感謝柚實願意和我交好。」

伶奈對遠山和相澤兩人說出感謝的話語。

「那麼，姊姊妳想對我們說的是什麼事呢？」

「遠山同學你應該知道柚實因為不及格要重修的事吧？」

「知道，她本人有告訴我。」

「美香妳呢？」

「我有從遠山那裡聽說。」

「是嗎……那就容易進入正題了，我想請兩位幫助柚實的學業。」

「是要我們教高井嗎？」

成績並沒有特別優異的遠山稍微有點不安。

「嗯……也包括那件事啦，柚實最近看起來相當集中精神念書，要是有朋友和她一起開讀書會的話，我想她應該可以紓解一下心情吧。」

「如果是這件事的話……我很樂意幫忙。加上也買好柚實的生日禮物了，不然就以召開讀書會為藉口，來辦生日驚喜派對如何？」

相澤的提議正好適合把今天買的生日禮物送出去。

「那樣很好！可以拜託美香嗎？」

遠山也覺得這是個好點子。

「好！請交給我來辦！我會去跟麻里花，還有另一位交情也很好，叫做沖田的同班同學打聲招呼的。」

「麻里花如果也能來，姊姊我也會很開心的！」

觀察伶奈的言行舉止後，在遠山眼中看來她是個很為妹妹著想的姊姊。高井和伶奈之間，單純只是互相錯過了彼此，高井應該只是對伶奈有所誤會而已吧，遠山如此感受到。

就這樣，由於相澤的提案，就決定要在高井的生日那天舉辦讀書會與驚喜慶生會了。

◇

讀書會當天，遠山、相澤、沖田三人在距離高井家最近的車站集合了。相澤雖然有邀請上原，但聽說她這天有別的事不能來，所以拒絕了。

「上原同學不能來好可惜哦，我好想和她一起辦慶生會啊……」

沖田似乎是打從心底感到失落。沖田是個表裡如一的人，他是真心這麼想的。

「有事的話就沒辦法了呢，相澤同學，對吧？」

與高井、上原兩人之間有著千絲萬縷的關係的當事人遠山大概是不太想碰觸這個話題吧，他把話丟給相澤接。

「對、對啊……反正暑假很長，不論何時都能聚會的哦。」

相澤多少知道一點高井與上原的事情，所以她體貼地不要太深入碰觸這個話題。

「不過，今天千尋你能來真是太好了。我和相澤同學沒辦法教人讀書的。」

「為什麼把我也包含在內？我的成績可是比遠山好的哦。」

被拿來和遠山相提並論，相澤不滿地鼓起臉頰，露出鬧彆扭的樣子。

「可是相澤同學妳的成績與高井相比，名次比較落後吧？」

「那、那是沒錯啦……但名次不代表一切啊！你懂嗎？」

相澤被遠山吐槽，反而惱羞成怒。

「沒關係啦，我也不知道自己能不能好好教高井同學啊。請佑希和相澤同學也從旁協助吧。」

不愧是沖田，他也不忘要關照這兩人，讓吵嘴圓滿結束。

三人一邊聊天一邊走向高井家，他們忘記時間的流逝，轉眼間就到達了。

「這裡就是柚實的家……我還是第一次來。」

「相澤同學，妳說妳是第一次來高井她家嗎？」

相澤平常就和高井相處得很好，遠山還以為她來過高井家了，因此有些意外。

「柚實幾乎不談她私人的事呢。」

「的確我從沒聽高井同學談過她家人呢。佑希和相澤同學你們有見過她姊姊了吧？」

「伶奈姊姊她……嗯，雖然我想吐槽她的很多事蹟，但她基本上是個好人啦。」

「確實是個好人……應該啦？」

「聽你們兩個的描述，我還是想像不出她是怎麼樣的人耶？」

相澤和遠山不置褒貶的評價讓沖田歪頭表示疑惑。

「千尋……等你見到她就知道了……」

「對……就像遠山說的，等你見到她就知道了……」

遠山和相澤一起望向遠方。

「我開始有點害怕見到她了……」

沖田今天是第一次與伶奈見面。遠山和相澤其實偷偷地期待這場會面。

遠山按下玄關的對講機，不一會兒高井就從玄關探出臉來。

當然他們有事先聯絡過今天要開讀書會了，但慶生會是祕密。

「相澤同學……沖田同學，今天謝謝你們特地過來。對佑希也很抱歉呢……給你添麻煩了。」

「高井同學，沒那回事啦。要是有不懂的地方都可以問我哦。我和相澤同學及佑希會盡可能地協助妳。」

面對似乎感到很過意不去的高井，沖田臉上浮現滿面笑容。光是看到這樣的表情，心靈就會獲得治癒。

「沖田同學，謝謝你。今天要麻煩你了。」

「好，交給我吧！」

不知為何今天沖田特別地鼓足幹勁。讀書只要交給沖田就能夠放心，這麼一想，遠山感覺心情變得稍微放鬆起來。

「大家進來吧。」

被高井招呼著，三人踏進了高井的家中。

「打擾了——」

相澤走在最前面進入了玄關，然後接著沖田。

「美香，歡迎妳來！我等妳好久了！」

在裡頭等著的伶奈突然抱住了相澤。

「等、等等啊伶奈姊姊，請妳不要這樣！」

伶奈讓手腳胡亂揮舞的相澤埋首在她那豐滿的胸部上，並看向遠山。

「遠山同學，也歡迎你。今天謝謝你來哦。」

在伶奈向遠山打招呼的期間，相澤依然沒有被放開。

「姊姊……妳還是老樣子呢……」

「佑、佑希……這個人就是高井同學的姊姊……嗎？」

沖田害怕地向遠山詢問道。

「對，沒錯哦。她就是高井的姊姊，叫做伶奈姊姊哦。」

相澤被捕捉住的情景，讓沖田受到了震撼。

「那、那個……我是高井同學的同學，我叫做沖田千尋，請多多指教。」

「千尋同學？你好可愛！啊，對男生說這種話應該很失禮吧……不過，千尋同學你好可愛啊，是姊姊喜歡的類型！」

如同遠山預想的，伶奈第一眼看到沖田就很喜歡他。遠山開始覺得伶奈應該是每個人都好吧。

沖田的登場終於讓相澤獲得釋放。伶奈原本想改成抱住沖田，但他在千鈞一髮之際躲到遠山的身後，從而逃過一劫。

「哎呀～千尋同學你別逃嘛！」

「等、等等啊姊姊！這樣很羞恥的，妳住手啦！」

高井高聲制止伶奈的奇異舉動。

「相澤同學、沖田同學，我替我姊姊道歉。我姊姊有點怪怪的。」

高井對伶奈的態度不太一樣，她這種表現讓遠山有種既視感。經過思考到底是什麼感覺後，遠山想起了妹妹菜希，於是理解了。

「高井同學的姊姊，感覺是個厲害人物啊……」

就連沖田都對她的行為感到傻眼了。

「你懂了吧？我和相澤之前說的事。」

「嗯，我懂了。伶奈姊姊很可怕……」

伶奈在沖田心中似乎成了可怕的存在。

從伶奈手中獲得釋放的三人，被帶到了高井的房間。

「房間有點亂，請進。」

睽違已久又能踏進高井的房間，還是老樣子東西不多，只有大量的書本而已。
「柚實的房間果然有很多書呢。」
「請不要看得太仔細，我會害羞的……」
高井對於被朋友踏進自己的房間這件事，似乎感到有些羞恥。
「今天很可惜上原同學沒辦法來呢，我會連同她的份一起努力的！」
對於難以開口說出上原不能來這件事的遠山和相澤來說，代替他們向高井傳達的沖田令人感謝。
「今天我們也不是來玩的，差不多該開始讀書才行了呢。」
相澤的這句話開啟了讀書會。

讀書會是以沖田為中心來教高井考不及格的科目，遠山和相澤從旁協助的形式來進行的。
然後在四人的集中力開始渙散時，傳來了敲門聲。
「請進。」
高井回答後，伶奈端著盛有飲料和點心的托盤推門而入。
「你們差不多也該休息一下了？我泡了紅茶。」
一旦伶奈進入房間，就要改為舉辦慶生會，這是事先討論好的。

「來，整理桌面吧。」
整理好參考書之後，伶奈在桌面上排放茶杯。
「怎麼樣？讀書進度還順利嗎？」
就算是伶奈，也不會在這裡開惡劣的玩笑。她似乎也是會看場合的。
「嗯，沖田同學和相澤同學說明得很好懂。」
遠山幾乎只是在旁邊看，完全都交給了沖田與相澤。
「遠山只是在旁邊看呢。」
「唉，真是慚愧……」
為了這種時刻，還是再更認真讀書好了，遠山在心中決定。
「是嗎……遠山同學要再加油才行呢。」
伶奈用溫柔的表情看向遠山。這應該是伶奈真實的面貌吧，遠山開始這麼心想。
遠山和相澤交換了個眼色。
「柚實，祝妳生日快樂！」
相澤迅速拿出拉炮，趁著高井不備拉響它。配合著她的動作，遠山和沖田也拉響了拉炮。
「咦？什麼？」
由於太過突然，高井的思考似乎跟不上事態的發展。她應該沒想過大家會幫她慶祝生日吧。

「柚實……祝妳生日快樂，這是禮物。」

相澤最先把和遠山他們一起買的禮物遞給高井。

「相澤同學，謝謝妳……我可以打開嗎？」

「當然可以。」

「哇，好可愛……」

相澤送她的是手巾。

「相澤同學……謝謝。我會珍惜使用的……」

在這個時候，高井的內心已經充滿喜悅與感動了。

「高井同學，祝妳生日快樂。」

接在相澤之後，沖田遞出了禮物。

「高井同學，不知道妳會不會喜歡……請妳打開看看吧。」

沖田的禮物是書籤套組。

「高井同學妳會看很多書，書籤再怎麼多也不夠用吧。」

「沖田同學，謝謝你……我會愛惜使用的……」

突然的驚喜，讓高井的眼中噙著淚水，幾乎就要滴下來。

終於最後輪到遠山了。

「高井……祝妳生日快樂。雖然很煩惱不知道挑什麼禮物才好，還是請妳收下。」
遠山將包裝好的禮物親手交給高井。
「佑希……謝謝你……我可以打開嗎？」
「嗯……我想妳應該會喜歡。」
雖然沒有根據，遠山有自信高井會喜歡禮物。
「手腕掛繩……？」
小心翼翼地拆開包裝，看到拿出來的物品後，高井小聲喃喃道。
「對，這是相機用的手腕掛繩哦。我想到高井妳的數位相機沒有手腕掛繩，又發現這個滿好看的……妳覺得怎麼樣？」
「我好開心……」
「高、高井？」
高井開始撲簌簌地流下眼淚。因為太過感動，她無法再忍住淚水。
「啊，遠山同學惹哭柚實了。」
伶奈打趣著遠山，那不是惡作劇的感覺，而是看見令人欣慰的光景之後，自然脫口而出的話語。
「高、高井……妳也用不著哭啊……」
被高井這麼一哭，遠山只能手足無措，不知道該怎麼辦才好。

「這種時候只要緊抱住她就好了哦。遠山同學，姊姊允許你這麼做，你試試吧？」
雖然伶奈還是老樣子地開著玩笑，但遠山也知道她是為了緩和氣氛，才這麼說的。
「不，姊姊擅自允許他人碰觸妹妹的身體，這可不行吧……」
就算姊姊允許，但他當然不可能當著大家的面抱住她。
「遠山不行的話，由我來抱。」
相澤主動報名，緊抱住高井。
「柚實別哭，難得妳長得這麼可愛會浪費的。來，用我送妳的手巾擦擦眼淚吧。」
相澤溫柔地緊抱著高井。
「難得相澤同學送我的手巾，這樣用才會浪費啊……」
高井大概是不想弄髒手巾吧？
「就是要用在這種時候啊，妳別在意……」
相澤拿出手巾，開始擦拭高井的眼淚。
「相澤同學，謝謝妳……」
高井接下相澤送的手巾，擦掉眼淚。
「哎呀，真是美好的景象呢，姊姊都要流淚了。」
仔細打量總是開著玩笑的伶奈，遠山看到她的眼睛濕潤。說不定伶奈是藉著開玩笑來忍住淚水的吧。

在慶生會上送交禮物之後，並不適合繼續讀書。

等到高井停止哭泣，平靜下來的時間點，讀書會到此結束，三人打算離開高井家而走向玄關。

「今天多謝大家了。我想柚實也過了一個很棒的慶生會，柚實，對吧？」

「對，今天謝謝大家。這是第一次有人像這樣幫我慶生，我太開心了才會忍不住掉眼淚，好害羞啊……」

遠山還是第一次看到高井像這樣真情流露，由此可知她平常總是壓抑著感情吧。

「柚實，我們要回去了。之後就拜託伶奈姊姊了。」

「美香，之後我們姊妹倆會繼續慶生的，妳放心。」

如果是現在的伶奈，應該能溫柔地對待高井吧，感覺可以安心地交給她。

「伶奈姊姊，今天很謝謝妳。我們告辭了。」

「千尋同學也偶爾再來玩吧，或者和姊姊一起出去玩也可以哦。」

「我、我就不必了……」

沖田大概是感受到背後有股惡寒，拒絕了伶奈的提議。

「千尋同學真是個冤家～」

——怎麼又有種既視感……

在遠山眼中，伶奈的身影和他妹妹菜希重疊了。該不會伶奈的精神年齡是初中生級別嗎？遠山有一瞬間這麼思考，但還是決定保持沉默。

「佑希，今天謝謝你幫我慶生，我很開心。」

高井可能以為是遠山提議要辦慶生會的。

「讀書會是姊姊提出的哦，她說為了高井妳，希望大家參加。」

所以遠山無視伶奈，將實情告知高井。

「姊姊……」

高井似乎有些驚訝，而將視線轉向伶奈。但伶奈卻是一副若無其事的表情。

「那我們就回家了。謝謝今天的招待。」

遠山替大家做了最後的告別。

「遠山同學，柚實就拜託你照顧了。」

伶奈用認真的神情定睛看著遠山的眼睛。她說的可能是以戀人的立場，也可能是以朋友的立場，這點遠山無從得知。

「好，我知道了。」

所以遠山只能回她這句話，他不清楚高井和伶奈會怎麼理解。

「告辭了。」

遠山一行三人最後留下這句話，便離開了高井家。

遠山他們回去之後，在回歸安靜的客廳裡，伶奈與高井正坐在沙發上交談著。

「大家都是好孩子，柚實受到很多朋友的幫助呢。」

「對……我也這麼覺得。」

「有重視柚實的朋友在，我也能安心了。等媽媽回來之後，我要向她報告柚實哭過的事哦。」

伶奈故意用壞心眼的說法。

「真是的，對媽媽要保密啦。」

「啊，好啦好啦。不過，如果媽媽聽到有朋友來幫妳慶生，她一定會很開心的，所以由柚實妳去跟她說吧。」

「好，我知道了……」

高井和她媽媽在最近終於理解了彼此的心意，關係變得融洽。所以要是讓她聽到柚實的開心事，想必她會很開心吧。

「柚實，這是我送妳的禮物。」

伶奈將包裝好的小型細長盒子交給了高井。

「姊姊……謝謝妳……我可以打開嗎？」

「請開吧。」

解開緞帶、拆掉包裝紙並打開箱子後，裡頭放著的是顏色不同的兩支筆。

「好美……這是……施華洛夫奇的原子筆？」

「對，成對的筆。然後……有一支是我的……」

伶奈從兩支筆之中拿出了一支是自己要用的筆。

「這樣我和柚實就是成對的哦。」

伶奈單手握著筆，並露出柔美的微笑。

「今天謝謝妳幫我召開讀書會……」

「我重要的妹妹這麼辛苦，為了讓妳打起精神，我只是稍微提供一點幫助罷了。」

「我……一直對姊姊的存在感到自卑……」

高井結結巴巴地訴說自己至今一直隱藏著的心情，而伶奈則是默默地聽著。

「從小姊姊就很開朗又受到大家歡迎，周遭總是圍繞著許多朋友。我覺得我小時候想要當好朋友的對象，都被姊姊給搶走了。我暗自羨慕著開朗的姊姊。」

高井將以前曾向遠山說過的事，也向伶奈訴說，她稍微低下頭後又繼續說道：

「即使進入初中，我依然覺得媽媽對我毫不關心，一直覺得自己的存在到底算什麼。在這樣的想法下生活著，我真的漸漸變成像是空氣般的存在了。」

伶奈沒有插嘴，繼續傾聽著高井說話。

「進入高中後，這種情況也暫時都沒有改變……但上了二年級我遇見了佑希。他發現了圖書室中宛如空氣般存在的我……那真的讓我好開心……」

「這對筆也是遠山同學選的哦，他說和柚實拿成對的筆，妳肯定會很開心的。他是個好孩子呢，我也明白柚實為什麼會喜歡他了。」

至今一直默默傾聽的伶奈，說到遠山時才開口。

「這是佑希選的……」

高井盯著手中的筆，並且露出了微笑。她大概是從原子筆上看見遠山的影子了吧。

「今天麻里花沒有來，柚實妳知道是為什麼嗎？」

伶奈聽說上原因為有事沒辦法來。但是伶奈向高井探詢她知不知道上原沒有來的理由。

「……上原同學她……我想她應該是喜歡佑希的……不，她肯定喜歡。所以她面對我時，說不定很難受吧。」

「麻里花喜歡遠山同學這件事，非常顯而易見呢。」

「對，在學校時她也毫不打算掩飾對佑希的好感，我想班上的人都以為他們兩個正在交往。」

「班上的人不會以為遠山同學正在和柚實交往嗎？」

和遠山進展到做愛關係的高井，卻沒被認為兩人在交往，這點讓伶奈感到疑問。

「遠山和我……並沒有在交往……」

高井下定決心要對伶奈全盤托出。今天高井明白了伶奈對她的真正想法，她不再對說出一切感到猶豫。

「我和佑希……只有肉體關係……」

她向伶奈坦白她和遠山兩人之間的祕密。

「……是嗎……當我看著柚實和遠山同學還有麻里花時，就隱隱感覺到你們有種複雜的關係了。」

對於高井衝擊性的告白，伶奈不帶一絲驚訝。

「姊姊妳不責備我嗎？」

「為什麼要？」

「因為……這並不是值得稱讚的事……」

「別看我這樣，我想我還是有一定的看人眼光的。遠山同學他雖然和柚實是那種關係，但我看得出他不是只為滿足性慾，不是只以妳的身體為目的，而是對柚實妳確實懷有某種心意的。雖然我不知道那是什麼樣的心意……只要遠山同學對柚實持續抱持著那種心意，我就不會責備柚實。」

「但是呢，」伶奈繼續說道。

「男人不會太執著於單一的女人。當然我不是說全部的男人都是這樣。但是現在出現了像麻里花這麼有魅力的女生，我想肯定會讓遠山同學的心思變得不穩定。如果柚實妳袖手旁觀的話，不知不覺間他心中的天秤就會傾向麻里花這端也說不定哦。」

伶奈說的話相當符合現狀。事實上，遠山現在正受到對他一心一意的上原吸引。

「姊姊……我該怎麼辦才好？」

高井應該不知如何是好吧。

「柚實……我不是你們三人的其中一人，是不會知道的。這個問題必須由你們三個人來解決。說不定柚實妳會受到傷害，說不定最後是妳會哭泣。那些不是只靠柚實一個人就能決定的。不過呢，我會幫柚實加油的。柚實是我的家人，我希望最重要的妹妹能露出笑容，變得幸福。」

「姊姊……」

高井聽到伶奈說的話後，忍不住開始流下噙在眼眶中的淚水。

「柚實是從什麼時候變得這麼愛哭的啊？」

伶奈一邊這麼說著，一邊抱住了高井的頭。

「總覺得……好多感情一口氣滿溢出來，止都止不住了……」

「是嗎……那就沒辦法了呢。」

伶奈直到高井停止哭泣，重回平靜為止，都抱著她。

「柚實，妳平靜了嗎？」

「嗯……」

「是嗎……那我們再聊聊吧。」

看著高井平靜下來之後，伶奈再次開口說話。高井的頭依然被伶奈抱在懷中。

「麻里花她很可愛呢。個性開朗，又對遠山同學一往情深，就像向日葵一樣。」

伶奈將對遠山一往情深的上原比喻為向日葵。

「對……上原同學在學校非常受到歡迎，喜歡她的男生不計其數。」

「不過，柚實妳也很可愛哦。我都這麼說了當然可以掛保證。」

「嗯，既然姊姊說了，那就是對的。」

「柚實，妳是個好孩子，我最喜歡妳了。」

伶奈的話語拯救了高井。至今高井一直對姊姊抱持著自卑感，但是那都結束了，從今天起，從這個瞬間開始，高井已經脫胎換骨了。

不及格科目的重修結束後，當天也進行了補考。

在那場補考順利合格，我得以正式地避免了不及格。

『明天我會晚點回家。』

把補考合格的事告知在客廳的姊姊後，她特地跟我報告說：『會晚點回家』。

一開始，我沒能理解姊姊的話中之意。但是仔細一想後。姊姊應該是在暗示我：「那天我不在家，妳不管叫誰來家裡都可以哦。」

也就是說……可以把佑希叫來家裡，做任何想做的事哦，是這個意思。

『我補考順利合格了。我想對佑希表達謝意，希望你能來我家。』

所以我就不客氣地聯絡了佑希。

我對姊姊的體貼只有無盡的感謝。

我在客廳等著佑希來家裡。想到這是我們久違的兩人獨處，我的心撲通撲通地跳著，難以平靜。

「快點來吧……」

至今我壓抑住對佑希的「喜歡」之情，以和他只有肉體關係劃清界線，來扼殺自己的心意。這麼做是因為我覺得就算被佑希厭棄了，我也能夠以只有肉體關係來看待，不讓內心受到傷害。

可是，實際上卻不一樣。

佑希愈是抱我，我的心就愈是依賴他。填滿空虛的我的全都是佑希，所以是理所當然的結果。我沒有發現這點，讓傷口愈裂愈大，這條路的終點只有毀滅而已。多虧有家人和朋友的幫助，我才能在即將踏出那一步前停了下來。

家人和朋友的心意填滿了我，現在我不再感到空虛，所以已經不需要佑希來填補了。

因為喜歡佑希，我才會尋求著他。上原同學應該也是出於喜歡這種感情才會追逐著佑希，終於我和上原同學能夠站到同一個賽場了。

——叮咚。

玄關的對講機響起，客廳的螢幕上映出了佑希的身影。

我想早一刻和佑希見面，沒有用對講機回話就跑向了玄關。

我打開鎖住的門，往門外飛奔。

「佑希！」

「高、高井，妳怎麼了？」

沒有用對講機回話，就突然從玄關門口飛奔而來的我，應該是嚇到佑希了。

「沒事，雖然沒事，但我還是飛奔出來了。」

「原、原來是這樣啊。」

情緒高漲的我讓佑希看起來稍微有點嚇到。

「佑希，來，進來吧！」

「呃、喂……」

我抓住佑希的手臂，強硬地把他拉進家裡來。

「高、高井……妳今天好像很興奮耶。」

「因為補考合格了，我終於能夠好好享受暑假了吧？」

「也對……妳放暑假還要去學校，還接受了一週的重修呢。」

「沒錯沒錯，就是因為這樣。」

在客廳停住腳步，佑希環顧了周遭。

「這麼說起來，妳姊姊呢？」

姊姊不在家這件事，我還沒跟佑希說。

「姊姊說她今天會晚點才回家。」

「咦？這、這樣啊……是嗎……」

佑希顯而易見地動搖了起來。他肯定和我一樣有所期待。

「佑希，不說那個了，到我房間吧？」

我宛如在誘惑般地勾住他的手臂，佑希無言地點了點頭。

從勾住的手臂上可以感受到佑希的體溫。接下來我會被佑希抱著，被那股溫暖給包圍住吧。

「佑希，親我……」

我一進入房間，就抱住佑希並索吻。

佑希抱緊了我，無聲地給了我一個輕啄的吻。

「嗯……」

「高井……今天天氣很熱，可以先讓我沖個澡嗎？」

七月的氣候中，佑希在外頭行走到我家，流了相當多的汗水。雖然我不在意，但佑希介意也是正常的。

「好，我已經沖好澡了，佑希你用吧。」

我今天本來就打算要讓佑希抱我，所以先沖好了澡。

「謝謝，我去去就來。」

「你可以用放在籃子裡的浴巾哦。」

對佑希來說，他早就摸清我家的擺設，說不定不用我特地說他也知道。

「謝謝，請借我用。」

這麼說完，佑希離開了房間。

在佑希淋浴時，我心慌意亂地待在床上等著。

「被佑希抱也不是第一次了……我竟然這麼緊張……」

我深刻體會到光是心情不同，就會造成這麼大的差別。

「裙子會弄皺的……還會造成干擾，先脫掉吧。」

我脫下裙子，身上只穿著一件襯衫和內褲，在床上等待著佑希回來。

淋浴完的佑希規矩地穿著整齊，回到房間來。

「你像以前一樣包著浴巾過來就好了呀。」

「雖然是那樣沒錯……但我覺得莫名緊張……高井妳已經脫掉了呢。」

「對……因為裙子會干擾，還會皺掉。」

佑希走過來坐在床上。

「佑希你也脫掉……」

佑希自己脫掉外褲，T恤是我幫他脫的。佑希現在只穿著一件內褲。

「佑希……我最喜歡你了……」

我將兩手環上佑希的頸項，將至今深藏於內心的想法用言語傳達給他。

「高井……」

——啊……終於能說出口了……出於恐懼而無法傳達的我的想法。

——我終於獲得解放了。

………………

…………

……

「高井，那我回去了哦。」

在兩人一起淋浴之後，遠山換裝完畢，正準備要回家。

高井閉著雙眼，抬起了下巴，應該是在索吻吧。

遠山回應了高井的動作，與她親吻。

「嗯……」

是個只有輕啄的吻。

唇瓣離開時，高井似乎很不滿。但在這時候興奮起來的話，就回不了家了。

「……回家路上小心哦。」
「我會再聯絡妳的。」
「好，我等你。」
遠山雖然感到留戀不捨，但還是揮散想法，離開了高井家。
——高井有所改變了呢……我感覺她變得能坦率表達感情了。
應該是家人的存在讓高井往好的方向改變了吧。沒有比坦率的高井更可愛的了，遠山比以往任何時刻都更對她感到憐愛。

從高井家走向車站的途中，遠山在超商前發現了一個熟悉的身影。
「伶奈姊姊……？」
遠山往超商前似乎是伶奈的人影跑過去。
「遠山同學，我等很久了耶。」
那熟悉的身影果然是伶奈。
「妳說妳等很久了……難道是在等我嗎？」
「對，我想你大概在這個時間會經過這裡，所以在等你哦。」
「為什麼要特地等我……？妳有事的話，傳訊息給我不就好了？」
「我想跟遠山同學碰個面，講個話而已啦？」

「這樣嗎……那妳想說什麼事呢？」

「我妹妹很可愛對吧？」

遠山不明白她這個問題的意圖。

「又是很唐突的問題呢……感覺她變得坦率多了……非常……可愛。」

「對，坦率是好事。」

「妳說的事情，該不會就是想問這個吧？」

「這只是我想要炫耀一下而已。」

伶奈還是老樣子，是個難以捉摸的人。

「我有事想拜託遠山同學幫忙。」

「這、這樣嗎……」

看來這才是正題。

「有事要拜託我？」

「沒錯，下個星期天要不要和我約會？」

「……又很突然耶？這次妳是有什麼企圖呢？」

由於對方是伶奈，遠山只覺得一定有什麼內情。

「遠山同學你真沒禮貌呢，是把我當成什麼人了？那……怎麼樣？」

「我知道了……我奉陪。」

雖然言行舉止很那個，但她是個為妹妹著想的好人。遠山判斷就算她有什麼企圖也不會做什麼壞事，於是同意了。

「啊，太好啦。那集合時間和地點我之後再傳訊息聯絡你。」

大概是怕被拒絕吧，伶奈原本似乎有些不安，聽到遠山的回答後，表情明朗了起來。

「抱歉把你叫住了，回家路上小心哦。」

「伶奈姊姊妳也回家路上小心。」

「好，晚安了。」

「好，我告辭了。」

伶奈肯定不會單純只是邀他去約會而已。

但現在就算想破頭也不會有答案，遠山放棄思考，趕緊走上回家的路。

與伶奈約會這天，遠山稍微提早到集合地點來等待伶奈。

「遠山同學讓你久等了！今天你比我還早到不是嗎？佩服佩服。」

遠山被這麼一呼喚，他從正在操作的手機上抬起頭來，看見站在那裡的伶奈，不知為何上原也在一起。

「遠、遠山？」

「上、上原同學？姊姊，今天原來不是妳一個人嗎？」

上原似乎也有點驚訝。

「伶奈姊姊，今天妳也邀遠山了嗎？」

看來遠山也會一起來這件事，伶奈沒有告訴上原。

「啊，抱歉～我忘記跟遠山同學還有麻里花說了啦～」

伶奈用非常故意的演技表演著。

「還是說……遠山同學希望和我兩個人單獨約會嗎？」

伶奈看向上原，臉上浮現壞心眼的表情。

「唔……」

聽見這句話，上原並不覺得有趣。

「這不是也很好嗎，遠山同學，你可以和這麼出色的兩位美女約會哦。」

由此得以確定伶奈果然有某種企圖，遠山嘆了口氣。

「那麼就出發吧！」

不顧遠山的擔憂，伶奈似乎很開心。

在以前曾經和上原一起來看過電影的購物中心入口前，伶奈停下了腳步。

「咦，不進去裡面嗎？」

遠山對伶奈不進入店裡，環顧著四周的行動感到疑惑而歪著頭。

「嗯～稍微等我一下哦……啊，她在！」

像是看見了誰，伶奈放著遠山和上原，往那個方向跑過去。

遠山往伶奈前進的方向看過去，熟悉的女性身影映入眼簾。

——高、高井？中、中計了……

「高、高井同學？」

從上原的反應看來，她應該也不知道高井會來。伶奈為了在不被發現的情況下將四個人聚集起來，特地分散了集合的時間和地點，進行了周到的準備。

「佑希還有上原同學……你們怎麼會在這裡……？」

果然高井也還不能理解事態的發展。

「是妳姊姊邀我來的。來了之後才發現上原同學和高井也在。」

「姊姊會指定這個地方當作和我的集合地點，原來是為了這個啊。我就覺得哪裡怪怪的。」

看樣子伶奈是向高井說她有事要先到購物中心來吧。遠山眾人完全被伶奈牽著鼻子走。

「別在意這種小事了，來享受購物的樂趣吧！」

伶奈不管到哪裡都照著自己的步調走，讓遠山等人只能啞口無言。

現在遠山一邊買東西，一邊感覺到氣氛有點不自然。

——說真的，姊姊是為了什麼目的才把大家聚集起來的？

伶奈看起來不像是為了買什麼東西，才到這裡來的。雖然從剛剛開始伶奈就很熱衷於逛街，但她什麼都沒買。

遠山想得太多，反而無法享受逛街購物的樂趣。上原和高井也因為在意彼此而覺得尷尬。歡鬧著的只有伶奈一個人。

「稍微走得有些累了，也有些口渴，到露天座位區休息一下吧。」

應該是來回在店鋪之間走動，感到疲累的關係，伶奈提議要喝茶。
眾人大概都是同樣的感覺，沒有人反對，遠山等人於是走到露天座位區，占到了附遮陽傘的座位。
「遠山同學，由我請客，請你到那台餐車買飲料回來。我要冰紅茶。」
伶奈將千圓鈔票交給遠山，請他幫忙買四人份的飲料回來。
「你一個人應該拿不動吧？我也來幫忙。」
「上原同學，謝謝妳。高井妳要喝什麼？」
「我也要冰紅茶。」
「了解，那我們去去就來。」
遠山和上原走向眼前的餐車。
「姊姊，今天妳為什麼要把大家聚集過來？」
高井會覺得疑問也很正常，因為伶奈還特地將大家分開集合來隱藏這件事。
「沒有啊……我只是想和大家一起買東西而已哦？」
「滿嘴謊言……」
在問話時，高井就知道伶奈不會說了，即使如此她還是無法忍住不問。
「姊姊，還妳零錢。」
遠山和上原用托盤端著飲料回來了。

「伶奈姊姊，真的可以讓妳請客嗎？」
上原客氣地問道。
「可以可以，無須介意。是我請你們陪我辦事，一點謝禮而已。」
「那我就不客氣了。」
「呼啊！冰冰涼涼的超好喝！又活過來了！」
今天在仲夏的陽光之下，氣溫上升了很多。伶奈嘴裡含著吸管，一口氣把冰紅茶喝乾了。
高井和上原也用飲料潤喉，看起來很好喝的樣子。
「那麼……柚實、麻里花，我稍微借用一下遠山哦。」
喝完飲料的伶奈站起身，抓住遠山的手臂就打算把人帶走。
「咦？伶奈姊姊，妳和遠山要去哪裡？」
「我有點想買泳裝，想聽聽看男生的意見，所以把他帶走嘍。等等會再回來這裡，妳們兩位慢慢喝哦。」
「姊、姊姊？」
伶奈拉著遠山的手臂，像是他沒有自主意志般地強行帶走了他。
「等、等等啊姊姊？」
遠山被強制帶走了，剩下的兩人只能目瞪口呆。

高井和上原感覺有些莫名尷尬，於是兩人都沉默不語。
「那、那個……高井同學，這個是……生日禮物。」
在一片沉默中，上原開口說道。她從包包中拿出趁著四個人一起買東西時偷偷買的禮物，遞給高井。
「咦……？上、上原同學……謝、謝謝妳。我可以打開嗎？」
「可以……」
打開可愛的包裝袋子，裡頭裝著的是時尚風格的書衣。
「哇啊……好漂亮……上原同學謝謝妳……」
突然收到上原送的禮物，高井的臉色緩和了起來。
「高井同學，抱歉我沒能參加妳的慶生會。」
「不會，請不用在意。妳有事也沒辦法啊。」
她這句話可能是讓上原感到愧疚了吧，她從高井身上別開視線。
「……其實那天我沒有事。我是覺得難以面對高井同學……所以才沒去的。」
「……上原同學……為什麼？」
上原的告白讓高井感到有些驚訝，但她還是努力保持冷靜，詢問她理由。
「……」
上原大概是覺得難以啟齒，於是緘默不語。

「上原同學，要是很難開口的話——」

「因為……當我聽到高井同學考了不及格，需要重修，門禁改成晚上六點時，我覺得有點開心！對於有那種想法的自己，我覺得既狡猾又醜惡，我變得非常厭惡自己……」

打斷高井的話，從上原口中說出的話語，就像她本人說的，是以他人的不幸為樂，最差勁的想法了。

「上原同學……」

「要是妳忙於重修的話，妳和遠山相處的時間就會減少，相反地我和他的相處時間就會變長……我是這麼想的……我因為嫉妒高井同學，竟然有那麼過分的想法……真的很對不起……」

上原痛苦地將一切都說出來，她的眼中浮現淚水。

原本與上原面對面坐著的高井，移到上原身旁的座位坐了下來。

「上原同學……該道歉的是我。」

看見上原流著眼淚說出真心話，高井再也無法繼續隱瞞她了，自己也要說出真正事實的時刻到了，她心意已決。

萬一說出遠山和高井真正的關係，她和上原之間的友誼可能會迎來再也無法修復的局面。即使如此高井還是打算全盤托出，她下定決心地重新面對上原。

「高井同學……妳這話是什麼意思……」

當上原看見高井前所未有的認真神情，她因為不知道接下來會發生什麼事而感到害怕。

「我——」

高井將一切都跟上原說了，她與遠山之間是只有肉體關係的炮友。

「騙人……」

高井的告白瞬間止住了上原的眼淚。宛如只有上原的時間停止了般，沉默持續了好久。

太具衝擊性的事實，讓她拒絕思考了也說不定。

「高井同學……妳在開玩笑、對吧……？」

上原希望高井能說這是在開玩笑，但高井無情地搖頭了。

「不、不——！」

心神慌亂的上原站起來，似乎想要當場跑開，但被高井抓住手臂阻止了。

「上原同學妳聽我說！」

「不要！我不想聽！」

上原想揮開被抓住的手，但高井抱緊了她。

「拜託妳聽我說！」

高井一邊抱緊她想要解釋，但上原拚命地持續抵抗著。

「佑希他受到上原同學的吸引！所以……我希望妳能聽到最後……」

高井的這句話讓上原突然停止抵抗。就這樣上原變得安分，當場坐了下來。應該是願意聽高井說下去吧？

「我一直嫉妒著上原同學，嫉妒著個性開朗，受到大家的歡迎，還如此美麗的妳。心想總有一天佑希會去到上原同學的身邊吧，一直感到很不安。所以……我把頭髮剪短，摘下眼鏡，希望能夠吸引佑希的注意。為了騰出更多兩人相處的時間，我想要錢，所以也開始打工。不過……即使如此，在佑希心中，上原同學的存在愈來愈重要……不管我怎麼做都還是無法敵過上原同學……」

炮友這種只有肉體的關係是留不住人心的，高井對此有著深刻的體會吧。遠山和上原的心靈即使沒有肉體關係也能相繫，高井對此感到既羨慕又嫉妒，難以自抑。

持續將堆積在心中的事情傾吐出來，高井的模樣看起來十分痛苦。

但是不管高井再怎麼難受，她和遠山之間已經結合的肉體關係是無可改變的事實。高井不能明白自己喜歡的對象和其他女性發生肉體關係時的難受心情。

結果，不論高井或是上原都無法理解對方有多麼的痛苦。

當高井在傾吐內心話的時候，上原只是默默地聽著。

◇

伶奈之所以會強硬地把遠山帶走，是為了讓高井和上原兩人單獨相處，遠山只能如此推測。

「這件泳裝怎麼樣？」

伶奈將華麗的泳裝從衣架上拿下來，往自己的身上比劃，詢問遠山的感想。

「姊姊，妳這麼悠閒地挑泳裝沒關係嗎？」

「哎呀？為什麼這麼問？」

「我在想讓高井和上原同學兩人單獨相處真的好嗎……」

「遠山同學你有這樣不妥當的自覺嗎？」

心裡有數的遠山沉默不語。

「不好意思，我想試穿這件泳裝。」

在遠山無法回答而沉默的時候，伶奈從店員那裡獲得了試穿許可。

「我稍微試穿一下泳裝，遠山同學你在那裡等我。」

伶奈單手拿著泳裝，進入了試衣間。

試衣間只用一道門簾遮住，可以聽見伶奈脫衣服的聲音。

「遠山同學，試穿好之後我想請你幫我看看，但你也可以從門簾縫隙看哦。」

伶奈說的是要他把頭探進門簾中。

「不，請妳從試衣間出來啦。要是我把頭探進去，那不就是變態了嗎。」

「把頭探進試衣間，有很多情侶都是這麼做的，沒問題。」

——咦？那是稀鬆平常的事嗎？

「好啦，快點！」

試衣間的門簾瞬間被拉開，遠山的頭被兩隻手抓住並拉進裡頭。

現在的遠山呈現從門簾的縫隙間把頭探進試衣間的狀態。

——嗚哇，姊姊的身材超級好的耶……不愧是能當模特兒的人。

胸圍尺寸不比上原遜色。

這種有點像變態的色情行為，當跟伶奈在一起時就會開始覺得稀鬆平常，遠山感到不可思議。

「我說……遠山同學你喜歡麻里花嗎？」

伶奈突然向遠山發出直球問題。

看見伶奈認真的眼神，遠山領悟到自己已經完全被看透了。

「……我確實很在意她。」

沒有事能瞞得過伶奈，遠山放棄了，開始說起真實想法。

「那，你想選哪邊呢？」

這裡說的哪邊，應該是指她妹妹吧。

「我不知道。她們兩人對我來說都很重要，我無法選擇。」

「你還真誠實呢。」
「我覺得沒有事能瞞得過妳。」
「是嗎……」
伶奈擅長操控人心之術，要在那種人面前蒙混過關是很困難的。
「妳不責備我嗎？」
「為什麼要？」
「因為我將妳重要的妹妹與其他女生放在天平兩端估量，在有些人眼中看起來就像是腳踏兩條船不是嗎？」
「遠山同學你打算腳踏兩條船嗎？」
「那、那種打算……我當然沒有。但是以結果來說，現在的情況被想成是那樣也是沒辦法的事。」
「我啊，也能明白遠山同學的心情哦。」
「我的心情？」
「沒錯，像上原同學這樣堅強而且可愛的女孩子主動追求，心情會受到動搖也是沒辦法的。」
「那是姊姊妳的經驗談嗎？」
「你要這麼想也可以哦。」

「是嗎……」

遠山他們和伶奈雖然只差三歲，這三年依舊產生了經驗的差異吧。而且遠山覺得伶奈累積了超過她的年紀應有的經驗。

「這個問題得由你們三個人來解決才行。身為局外人的我就算譴責遠山同學，事情也不會解決。」

「妳很成熟呢。」

「會嗎……那麼……你打算怎麼辦？」

雖說這是遠山自己造的孽，但他很難立刻給出答案。即使如此，現在不做出行動的話是不負責任的。他不能什麼都不做只是袖手旁觀，至少要做出一點行動，遠山感覺伶奈彷彿在這麼說著。

「……我要回到她們兩人身邊。」

現在就算遠山到達高井和上原身邊，說不定問題也只會變得更複雜難解。

「好，你去吧……啊，這件泳裝適合我嗎？」

到了這種時刻還在問他對泳裝的感想，還真有伶奈的風格，遠山苦笑了。

「非常適合妳，不愧是姊姊。那我走了。」

離開了泳裝賣場，遠山跑向身在露天座位區的兩人身邊。

「這種情況之下還能稱讚我……果然是我的妹妹呢……喜好和我非常相似。柚實，感覺妳會很辛苦呢。」

一邊擔心著妹妹，伶奈一邊回想起過去的自己。

◇

「呼啊……呼啊……」

遠山與伶奈分開之後，往高井與上原所在的露天座位區跑過來。

「找到了！」

高井和上原沒有離開剛剛休息的座位，所以他立刻就能找到她們。

「高井、上原同學！」

遠山跑到沒有對話且沉默著的兩人身邊。

「佑希……？」

她們兩人的臉上有哭過的痕跡。她們談了什麼內容，遠山不難想像。

「我把一切都跟上原同學說了。」

「是嗎……」

——高井會坦白一切，代表她已經做好會失去一切的覺悟了。這樣的話，我也必須做好同樣的覺悟，不然會變成她們的壞榜樣。

遠山做好會遭到責備的覺悟後，面對上原。

「對不起，我明知上原同學的心意，至今卻一直保持沉默。我做了被討厭也是活該的事，妳可能會看不起我……」

「我……沒有討厭遠山，也不會看不起你哦。」

遠山已經做好覺悟會被上原痛罵，甚至是賞個巴掌。

「為什麼……我對上原同學做了很過分的事……」

「當然……當我聽到你和高井同學的關係時，感到非常震驚而且哀傷……現在也很難過哦，不過……要是我現在放棄遠山的話，你就會被高井同學搶走了吧。難得遠山開始在意起我……現在我終於能和高井同學站在對等的位置上了，我不會放棄的。」

「我可是把高井和上原同學放在天秤上估量的渣男耶？」

「你說得對……你很渣──超差勁的……」

「不過……因為我喜歡上這個超差勁的男人了，我也只能認了啊……所以我不會討厭你啦……」

「……就算我現在無法選擇上原同學或是高井也可以嗎？」

「即使那樣……也可以。」

「……高井妳也覺得可以嗎？」

「嗯……因為我也喜歡佑希……」

「高井……」

自從上次遠山去了高井的房間之後，高井就開始清楚地表現出對遠山的好感了。這讓一直以來都無法看清高井在想些什麼的遠山覺得很開心。

高井表達出她願意接受一切，和上原站在同一個賽場；而上原也說她終於能和高井站在對等的位置了。這代表兩人在真正的意義上，終於能站在起跑線上了吧？

保持著危險平衡的三人關係，稍微有些差錯就可能會導致崩解。

開始走上驚險的空中繩索的這三人，已經沒有回頭路了。

在露天座位區的座位上，遠山、高井與上原三人正在交談，而伶奈從遠處守望著他們。

「我差不多可以回去了呢。」

看準他們三人平靜下來的時間點，伶奈往三人身邊走去。

「讓三位久等啦。」

伶奈來回看了看他們三人的表情。

「哎呀？柚實和麻里花妳們的臉好慘烈啊。難得的兩張可愛臉蛋會浪費的哦？妳們到化妝室整理一下吧。」

當高井和上原去化妝室時，遠山對伶奈說出從頭到尾發生的事情。

「這可不是有辦法馬上解決的簡單小事呢。不過能夠確定你們三位的心意，這樣不是很好嗎？」

她不管身在何處都是自由奔放且寬容的人呢，遠山感到佩服。

「今天妳不惜花工夫也要讓我們三人聚到一起，就是為了這個吧。」

「麻里花沒來慶生會，我只是想製造一個讓她能和柚實談話的機會而已。不過從結果來看，應該算不錯吧？」

伶奈是思考過能讓現狀獲得完美收尾的方法之後才做出行動的。遠山再次感受到伶奈的厲害。她觀察人際間的關係，並予以調整，不論哪種能力都出類拔萃。

「姊姊真是個厲害人物耶……我真心感到佩服。」

「哎呀，你說了讓我很開心的話耶？不過你可不能愛上我哦？我可不想跟親妹妹搶男人呢。」

她這種地方還是老樣子。

「不開你玩笑了……接下來就要靠遠山你們三個人自己了。」

「好，我十分明白。」

「嗯，明白就好。柚實就拜託你照顧了哦。要是敢讓她哭，我可不饒你……不過她已經哭了呢。」

「對、對不起……」

「等她們兩個回來之後，今天就回家吧。遠山同學你送麻里花回去吧。」

「好，我知道了。」

「回家路上你可別突然對麻里花出手哦。」

「我不會出手啦！」

——她認真的時候是真的很可靠，一旦氣氛緩和了，卻又會像這樣馬上開起玩笑來。

高井和上原從化妝室回來，今天接著就要回家了。

「那就回家吧。遠山你送麻里花回去吧。」

「好，我知道了。」

伶奈和遠山先邁出步伐，接著是高井跟在後頭。

「上原同學，怎麼了嗎？」

上原沒有跟上，高井為此感到疑惑而歪著頭。沒有發現這件事的遠山和伶奈，沒有停下腳步繼續往車站走去，逐漸離她們兩人遠去。

「高井同學，我有一件事還沒有跟妳說。」

這麼說著，上原往高井身邊跑過去。

「我和遠山接吻了哦。所以……我也可以對遠山同學做和高井同學一樣的事吧？因為不這麼做的話，和高井同學之間就不公平了。」

好久不見，我是ヤマモトタケシ。

《無人知曉》的第二集順利地交到了大家的手上，各位覺得如何呢？

上一集高井很少出場，許多人的讀後感寫到希望能更加深入挖掘她的心情。根據大家的意見，這次我特別細寫了高井抱持的問題，並描寫到獲得解決為止。

上原也因為懂得了與喜歡的人互相觸碰的喜悅，陷入無法後退的情況，讓故事得以一口氣往前邁進了。

到第二集為止，就像序章一樣，接下來才是遠山他們三個人的主線故事。變得更加複雜的三人關係，接下來會有怎麼樣的發展呢？

雖然以現實的角度來說，第二集的銷量將決定一切，但我還是想要將這個故事描寫到最後。

藉由各位讀者分享感想、讀後感及訊息等等，能讓《無人知曉》得以廣為流傳，獲得更多加油聲的話，我會很開心的。我也會等待著粉絲的來信。

接下來是謝辭。

第二集時印刷出版時全力給予協助的角川Sneaker文庫編輯部的ナカダ編輯，我深深地感謝您。

負責插畫的アサヒナヒカゲ老師，您這次也畫出了非常出色的插圖，感激不盡。其中我特別喜歡高井的姊姊伶奈的角色設計。

接著是協助這本書出版的全體相關人員，真的是非常感謝各位。多虧各位的幫忙，第二集才能出版。

最後是手裡拿著第一集、第二集的所有讀者們，感謝大家。

希望能在第三集的後記再次與大家相會。

追記

《月刊Comic電擊大王》正在連載本作的漫畫化作品！

漫畫版忠實地重現了原作角色們的心情，我非常感謝負責漫畫作畫的ももずみ純老師把角色們畫得非常可愛。

尚未看過漫畫的讀者，還請多多支持漫畫版的《無人知曉》。

ヤマモトタケシ

國家圖書館出版品預行編目資料

不起眼的我在妳房間做的事班上無人知曉/ヤマモトタケシ作；Cato譯. -- 初版. -- 臺北市：臺灣角川股份有限公司, 2023.04-
冊；　公分. -- (Kadokawa fantastic novels)

譯自：冴えない僕が君の部屋でシている事をクラスメイトは誰も知らない
ISBN 978-626-352-447-7(第2冊：平裝)

861.57　　112001738

Kadokawa
Fantastic
Novels

不起眼的我在妳房間做的事班上無人知曉 2

（原著名：冴えない僕が君の部屋でシている事をクラスメイトは誰も知らない 2）

2023年4月19日 初版第1刷發行

作　　者：ヤマモトタケシ
插　　畫：アサヒナヒカゲ
譯　　者：Cato
發 行 人：岩崎剛人
總 編 輯：蔡佩芬
編　　輯：黎夢萍
美術設計：吳佳昫
印　　務：李明修（主任）、張加恩（主任）、張凱棋
發 行 所：台灣角川股份有限公司
地　　址：104台北市中山區松江路223號3樓
電　　話：(02) 2515-3000
傳　　真：(02) 2515-0033
網　　址：www.kadokawa.com.tw
劃撥帳戶：台灣角川股份有限公司
劃撥帳號：19487412
法律顧問：有澤法律事務所
製　　版：巨茂科技印刷有限公司
ISBN：978-626-352-447-7